Breaking RULES

ANNA KATMORE

Für Raff und Bash

Das unglaublichste Paar,

das mich jemals in seine Welt gezogen hat.

KAPITEL 1

Raffael

Nichts reitet mich je tiefer in einen Haufen Scheiße als die Worte: „Ich wette, du traust dich nicht."

Meine Entschuldigung? Ich habe keine. Spannende Herausforderungen sind meine Leidenschaft. Eines Tages bedeuten sie mit Sicherheit meinen Untergang. Jene heute Nacht kostet mich aber zum Glück nur meine Würde. Und vielleicht noch ein wenig mehr, doch das bleibt abzuwarten.

Mein Arsch klebt am Sitz der hässlichen braunen Rostlaube, die beinahe an Auspuffkrebs verreckt wäre, als ich damit hierhergefahren bin. Den ganzen Weg durch

London stieg pechschwarzer Rauch aus dem hinteren Ende des 1981er Ford, als würde ein Flaschengeist versuchen, sich aus dem löchrigen Rohr freizukämpfen. Leider hilft der Rußnebel wenig, um mich vor den richtenden Augen der Rennfahrergemeinde zu verstecken, während ich zwischen den gut fünfzig aufgemotzten Karren durchrolle, die aufgekreuzt sind, um anzugeben und vielleicht für ein wenig Kohle ein oder zwei Rennen zu fahren. Nicht schlecht für eine Freitagnacht.

Ich würge den Motor ab und steige aus dem Auto, an dessen Tür ich mich dann vorsichtig lehne. Der Ford bekommt ja schon allein vom Hinschauen Dellen, da wird eine weitere sicher nicht auffallen.

Die Dubstep-Beats, die auf dem Parkplatz hinter dem geschlossenen Supermarkt in Enfield von allen Seiten herdringen, vibrieren durch meinen ganzen Körper. Wirklich alles pulsiert hier, nicht nur die Pussys der beiden Hasen, die gerade mit schwingenden Hüften in meine Richtung stolzieren. Felix, der auf der Motorhaube des heißen carbongrauen Wagens sitzt – der ihm im Übrigen so überhaupt nicht steht – checkt die Zwillinge in den Cut-Offs, Bandeau-Tops und kniehohen Stiefeln ab. Dann grinst er mich an. Ich weiß genau, was er jetzt denkt. Sie könnten meine Rettung sein. Aber bereits an ihren hochnäsigen Blicken und daran, wie sie sich ein herablassendes Kichern verkneifen, ist leicht zu erkennen, dass sie mir keinesfalls zu nahe kommen werden, solange ich mit dieser potthässlichen Karre abhänge, die ich die ganze Woche zwangsweise fahren musste. Und vielleicht auch noch viel länger, wenn ich keines dieser Play-Bunnys dazu bekomme, mich noch vor Mitternacht zu küssen.

Rumknutschen bedeutet normalerweise ja keine Schwierigkeit für mich. Die Mädels stehen auf meine nordisch-blonden Haare, die an den Seiten kurz geschoren und nur oben länger sind. Die Strähnen fallen mir in die Augen, als ich die beiden mit einem dominanten Blick einfange und sie über die Distanz geradezu vernasche. Einem dieser eingebildeten Täubchen näherzukommen, während wir von Schleudern umgeben sind, von denen die billigste immer noch über fünfzigtausend Pfund kostet, ist aber mit der Blechdose am Arsch sehr wohl eine Herausforderung. Eine, die ich eventuell unterschätzt habe. Verdammt sei Felix, weil er es geschafft hat, mich so einfach mit einem Airbrush für mein Auto zu ködern. Aber was das Sprayen betrifft, ist er ein Gott, und was ich von ihm will, wird ihn Tage kosten.

Was noch dazukommt, ist die Aussicht auf einen Fick mit Tanja in meinem Spielzimmer. Das Angebot war zu heiß, um es wirklich abzulehnen. In dem schwarzen Minikleid sieht sie verdammt viel besser auf der hübschen Corvette aus als Felix.

Doppelwetten mit meinen zwei besten Freunden? Mein

sicherer Tod.

Ich hatte Tanja schon mehr als einmal in meinem Playroom. Die schlanke, dunkelhaarige Schönheit steht genauso sehr auf Fetisch-Sex wie ich und seit ich sie vor drei Jahren in die Welt der Fesselspiele eingeführt habe, war mir klar, dass kein anderes Mädchen meine Bedürfnisse jemals so perfekt befriedigen könnte wie sie.

Es ist schon fast bedauerlich, dass ich zu dem Beziehungsding nicht ja sagen konnte, als das Thema mal auf den Tisch kam. Sie wollte immer schon das volle Paket. Kuscheln und so. Nicht nur Handschellen und Disziplin. Na ja, nicht *ausschließlich*. Leider bin ich aber kein Knuddelmensch und für sie definitiv nicht der richtige Beziehungspartner. In der Hinsicht wäre Felix viel eher ihr Ding. Er genießt es, sie bis zum Frühstück bei sich zu behalten, nachdem sie miteinander geschlafen haben. Dummerweise hält er nicht viel von BDSM-Spielchen. Zu schade für Tanja. Aber alles in allem gesehen, macht das aus uns den perfekten kleinen Freundeskreis — mit einem gelegentlichen Fremdfick zwischendurch.

„Soll ich ein paar Freundinnen anrufen, damit sie dich freiküssen, Björnsson?", spottet Tanja mit ihrem Megawattgrinsen. Oh, das wird ihr ein Extraspanking einbringen und kein zu zimperliches — zumindest, wenn ich sie erst einmal rechtmäßig für das kommende Wochenende gewonnen habe.

„Ich brauche dein Mitleid nicht, kleine Fee", stelle ich mit einem schlagseitigen Antwortlächeln klar. „Für dich werde ich auch keins haben."

Zwar lacht sie darüber, doch es ist nicht zu übersehen, dass ihr der Gedanke daran, was ich später mit ihr machen werde, gleichzeitig eine lustvolle Gänsehaut beschert. Sie spiegelt sich in ihren glänzenden Augen wider. Felix legt einen Arm locker um ihren Nacken, wobei seine schwarze Lederjacke etwas hochrutscht, und grinst. „Tu ihr nicht zu sehr weh. Sie blockt mich sonst nur wieder tagelang."

Ich wackle hämisch mit den Augenbrauen. „Sie nennen mich nicht umsonst *Rough*." Aus zweierlei Gründen.

In diesem Moment fährt ein tiefergelegter weißer Honda an uns vorbei, gleitet in den Parkplatz hinter meiner momentanen Schleuder und zieht meinen Blick von dem Mädchen ab, das ich nur zu gerne fesseln und vögeln würde. Das war die letzte freie Parklücke, sonst hätte sich der Fahrer wohl kaum in die Nähe meiner Rostlaube gestellt, die im Übrigen sogar eine blecherne Gießkanne auf dem Dach mit herumkutschiert. Felix ist ein Sadist. Tatsächlich würde er sich in einem Playroom richtig gut machen.

Der Kerl, der aus dem Honda steigt, trägt ein selbstgefälliges Grinsen, sowie eine umgedrehte schwarze Baseballkappe. Das verstellbare Band hat ein paar dunkle Haarsträhnen eingefangen und drückt sie gegen seine Stirn.

Ich habe weder ihn noch sein Auto jemals zuvor bei einem dieser illegalen Straßenrennen gesehen, doch wenn er so gut fahren kann wie sein Wagen geil aussieht, ist er hier auf jeden Fall am richtigen Platz. Wer mit einem Rennwagen umgehen kann, macht locker mal ein paar Tausend in solchen Nächten. Leider vergeuden die meisten Typen hier jedoch mehr Zeit damit, ihre Karren aufzumotzen, als ihr Fahrkönnen zu verfeinern. Es ist richtig schockierend, wie oft sie sich selbst überschätzen.

Mir gehört ein Apartment in Mayfair, hundertachtzig Quadratmeter auf zwei Ebenen direkt unterm Dach im neunten Stockwerk. Zugegeben, die Hälfte davon habe ich mit einer kleinen Erbschaft finanziert, nachdem meine Großmutter in Island verstorben ist. Sie hat mir etwas Land hinterlassen, das ich zu Beginn meines Architekturstudiums verkaufen konnte. Doch der Rest kam von illegalen Rennen quer durch London. Ich bin gut in dem, was ich tue. In meinem Spielzimmer *und* auf der Straße.

Der Typ mit der Kappe kommt um meine Motorhaube herum, würdigt mich oder die alte Schrottmühle dabei aber keines weiteren Blickes. Habe ich auch nicht erwartet. Er geht direkt auf die Corvette zu und umkreist sie mit einem lüsternen Funkeln in den Augen. Sein Blick gleitet über den makellosen Lack der formvollendeten Kurven, die Einundzwanzig-Zoll-Felgen und das Nummernschild, auf dem *ROUGH* zu lesen ist. Erst nachdem er mit der offensichtlichen Musterung fertig ist, bleibt er vor Felix stehen, steckt die Hände in die Hosentaschen und sieht meinen besten Freund mit schmalen Augen an. „Bist du Raffael?", fragt er mit einem dunklen Südküstenakzent.

Oh. Jetzt wird die Sache interessant. Ich richte mich etwas aus meiner schlaksigen Haltung gegen den rostigen Ford auf und verschränke die Arme vor meinem schwarz-weißen T-Shirt, um zu hören, was der Kerl vom eigentlichen Besitzer der Stingray C7 will. Tanja wirft mir einen skeptischen Blick zu, doch ich schüttle nur den Kopf.

„Wer will das wissen?", stellt Felix die Gegenfrage und bleibt dabei völlig cool.

„Mein Name ist Sebastian Rhyse." Er streckt ihm die Hand entgegen und runzelt dabei mit offensichtlicher Verwirrung über Felix' knallrote Haare die Stirn. Jemand muss ihm wohl eine Personenbeschreibung gegeben haben, denn ich würde mein Auto darauf verwetten — mein *richtiges* Auto — dass er platinblond erwartet hat. „Ich bin neu in der Stadt und man hat mir gesagt, die Stingray wäre eine nette Herausforderung."

Felix nimmt seinen Arm von Tanjas Schultern und schlägt in Sebastians Hand ein. „Felix Tyrone. Das ist nicht meine C7." Er grinst verschlagen in meine Richtung und spricht dabei weiter mit Sebastian. „Aber es könnte leicht passieren, dass sie heute Nacht noch den Besitzer wechselt."

Jetzt muss ich lachen. „In deinen Träumen."

Sebastian wirft mir einen Blick über die Schulter zu. Ich kann genau erkennen, wann es klick macht, weil er meine Haarfarbe bemerkt hat. Mit geneigtem Kopf lässt er seinen Blick auf eine Art über meinen ganzen Körper schweifen, die erstaunlich viel Interesse birgt. Seine Augen brauchen eine Weile, bis sie meine wiederfinden, und anschließend schiebt sich sein linker Mundwinkel nach oben. „Du bist Raffael?“

Mit einem zynischen Grinsen zucke ich nur mit den Schultern. „Ich weiß, für dreiundzwanzig sehe ich ziemlich jung aus, aber ich habe bereits einen Führerschein, Ehrenwort.“ Die Hände in die Taschen meiner Skater-Hose geschoben, stoße ich mich von der Schrottmühle ab, wobei ich unglücklicherweise die Türschnalle mitnehme. Sie fällt klappernd auf den Asphalt und ich starre sie einen Moment lang nur schweigend an. Tja, das ist echt ... Scheiße. Seufzend lasse ich sie liegen und drehe mich stattdessen zu dem Fremden um. „Was willst du von meinem Auto?“

Sein Grinsen bringt wieder dieses düstere Funkeln in seine Augen. „Im besten Fall, die Wagenpapiere.“ Dunkle Maori-Tattoos tauchen unter dem hochgerollten rechten Ärmel seines schwarzen Hemds auf und bedecken seinen gesamten Arm, bis runter zu seinem Handgelenk. Das Muster finde ich eigenartig entspannend. Alles ist in seinen Linien strukturiert. Regeln haben mich schon immer geerdet. Beim näheren Hinsehen fällt mir das einfache, hübsche Lederband auf, welches er an der linken Hand trägt und das perfekt mit dem neuseeländischen Stil der Tätowierungen auf seinem anderen Arm harmoniert. Dass er seine schwarze Armbanduhr aber an der rechten Hand trägt, irritiert mich ein wenig. Das ist absolut der falsche Platz für eine Uhr.

„Du willst ein Rennen gegen mich fahren?“, frage ich.

„Du hast einen Ruf. Ich stehe auf interessante Herausforderungen.“

Jap, ich auch. In den vergangenen Jahren habe ich bereits einige Autos gewonnen, die ich meistens für gutes Geld weiterverkauft habe. In seltenen Fällen habe ich sie auch wieder in anderen Rennen verloren, doch meine eigene Corvette setze ich so gut wie nie. Mein Baby ist mir heilig. Allerdings habe ich im Moment sowieso nur den Haufen Schrott hinter mir anzubieten und Sebastian macht mir nicht den Eindruck, als würde er *dessen* Wagenpapiere akzeptieren. „Tut mir leid, wenn ich dich enttäusche, aber aktuell bin ich nicht in der Position, über mein Auto zu entscheiden.“

Ich darf es nicht einmal fahren. Und da das heutige Rennen schon in wenigen Minuten losgeht, bezweifle ich auch, dass mich noch ein Häschen freiküssen wird, ehe alle Fahrer an der Startlinie Aufstellung nehmen. Ganz besonders, da ich noch nicht einmal damit angefangen habe, eines von ihnen näher heranzuflirten.

Sebastians gerade, dunkle Augenbrauen kippen Richtung Nase.

„Bescheuerte Wette, lange Geschichte“, erkläre ich ihm, ohne, dass er die Frage erst stellen muss.

Felix zieht Tanja zwischen seine Beine und verschränkt seine Arme unter ihrer Brust. Mit dem Kinn auf ihrer Schulter schmunzelt er. „Ein freiwilliger Kuss von irgendjemandem hier, bevor das Rennen um ist, und das, während er an dem da“ – er nickt zum Ford – „hängt.“

„Ah, ja …“ Sebastian reibt sich den Nacken und mustert dabei den Parkplatz, der randvoll mit schönen Menschen und noch schöneren Autos ist. Die Oberflächlichkeit der Szene ist ihm anscheinend nicht unbekannt. „Das wird schwer.“

Schwer, aber nicht unmöglich. Obwohl es doch langsam sinnvoll wäre, mich weniger mit fremden Typen zu unterhalten und stattdessen lieber zur Sache zu kommen.

„Wie lauten die Regeln?“, will er wissen, als er sich wieder zu Felix umdreht. „Nur Mädchen?“

Was ist das denn für eine dämliche Frage? Meine Freunde grinsen beide wie ein paar Bekloppte und Felix schwenkt den Arm entspannt über den Parkplatz. „Wenn Raff meint, er möchte lieber einen Kerl aufreißen und mit ihm rumknutschen, kann er das meinetwegen gerne tun.“ Nun wirft er den Kopf zurück und lacht lauthals. „Verdammt! Ich wünschte, ich hätte das von Anfang an als

Bedingung gestellt."

Das geheimnisvolle Blitzen in Sebastians dunklen Augen ruft ein merkwürdiges Gefühl in meinem Bauch hervor, als er seinen Blick noch einmal über mich schweifen lässt. Er grinst kurz zu Felix. „Nein, tust du nicht." Eine Sekunde später kommt er mit zwei entschlossenen Schritten auf mich zu und plötzlich spüre ich nur noch, wie ich von einem starken Männerkörper gegen die Tür des rostigen Fords hinter mir gepresst werde. Dabei quetscht es mir fast die Luft aus den Lungen. Als Nächstes legt Sebastian seine Hände auf meine Wangen und drückt mir einen verfluchten Kuss auf den Mund.

Herr Jesus!

Mein ganzer Körper erstarrt. Nur meine Hände klatschen hinter mir gegen das Metall der Rostschleuder, auf der verzweifelten Suche nach Hilfe, Halt, *irgendetwas*. Aber es gibt kein Entrinnen aus diesem Moment.

Die gut fünf Zentimeter, die Sebastian meine 1,83 überragt, gleicht er mühelos aus, indem er den Kopf ein wenig zur Seite neigt. Als seine Zunge in meinen Mund gleitet und dort zärtlich an meiner entlangstreift, kann ich seine letzte Zigarette schmecken, gemischt mit etwas Süßerem, womöglich einer Cola. Zu meiner absoluten Verblüffung fühlt sich die Zunge eines Kerls sehr ähnlich der einer Frau an. Nur das leichte Kratzen seines Dreitagebarts an meiner glattrasierten Haut macht den Kuss irgendwie anders – unerwartet sinnlich. Scheiße, ist das krass.

Und noch merkwürdiger ist, dass mein Körper dem Ganzen auf eine gefährliche Art nachgeben will. Fuck, ich genieße das hier nicht wirklich! Nie im Leben! Meine Nackenhaare stellen sich bei dem Gedanken auf, dass uns gerade die gesamte Renngemeinschaft Londons dabei zusieht, wie wir hier einen auf Liebespaar machen.

Der Moment ist ebenso schnell vorbei, wie er begonnen hat, und Sebastian lässt mich los. In seinem Gesicht sitzt immer noch ein sündiges Lächeln, als er einen Schritt nach hinten macht und die Hände wieder in die Taschen seiner zerfledderten Jeans schiebt. Er ist absolut entspannt.

Ich nicht.

Mit einem zutiefst verwirrten Stirnrunzeln lege ich mir die Fingerspitzen an die Lippen und murmle dabei ein leises „Danke ...?“ Keine Ahnung, ob das gerade das richtige Wort ist. Als Nächstes wische ich mir mit dem Handrücken über den Mund und lasse meinen Blick blitzschnell über den Platz gleiten, um die Reaktion der anderen zu sehen. Aber niemand scheint es mitgekriegt zu haben. Abgesehen von meinen zwei besten Freunden.

Mit schallendem Gelächter kommt Felix zwischen den Autos auf mich zu und schlägt mir die Schlüssel für die Corvette in die offene Hand. „Da hast du sie, Alter. Die hast du dir echt verdient. Das war ja mal ein höllisch heißer

Kuss.“

„Ja, krieg dich wieder ein!“, brumme ich und kämpfe augenrollend darum, die volle Kraft meiner Stimme wiederzuerlangen. Das heisere Ächzen klingt so überhaupt nicht nach mir ... außerhalb meines Spielzimmers.

Sebastian und seinen immer noch dämonischen Blick lasse ich erst einmal links liegen und schiebe mich durch die Jungs rüber zu den beiden Süßen, die ich soeben gewonnen habe. Tanja fixiert mich mit einem verstohlenen Grinsen, während ich näherkomme. Ich packe sie im Nacken und ziehe sie fest an mich heran, dann drücke ich meinen Mund auf ihren und verlange ihr einen tiefen, festen Kuss ab, um Sebastians Geschmack erst einmal von meiner Zunge zu bekommen.

„Wir sehen uns in meinem Spielzimmer“, schnurre ich an ihre Lippen, endlich wieder ganz ich selbst. „Morgen um zehn.“

Im nächsten Moment lasse ich sie los und widme mich meinem anderen Liebling. Zärtlich streichle ich mit den Fingern über die Luftschlitze in der Motorhaube der Corvette und weiter über die glatte Oberfläche des Rahmens um die Windschutzscheibe. „Hey, meine Hübsche. Hast du mich vermisst?“ Mein Herz pocht voller Vorfreude darauf, endlich wieder hinter dem Steuer meines Babys zu sitzen.

Die Tür springt mit dem vertrauten leisen Klicken auf

und heißt mich willkommen. Ich gleite in den Sitz, ein Bein bereits im Wagen und das andere draußen, den Fuß immer noch auf den Asphalt gestellt. Sofort umgibt mich der herbe Duft von Leder. Unnötig, den Schlüssel ins Zündschloss zu stecken, um den Motor zu starten. Es funktioniert auf Knopfdruck, sobald sich der Schlüssel im Wageninneren befindet. 490 PS erzittern unter mir. Mit einer sanften Liebkosung streiche ich über das Sportlenkrad wie über den Körper einer hübschen Frau, schließe dabei die Augen und vergehe im Gefühl, endlich wieder in meinem persönlichen Himmel zu sein.

„Wenn du dein Auto fertig gefickt hast, komm zur Startlinie.“

Ich blicke hoch zu Sebastians Schmunzeln und nicke dem Kerl, der einen Arm locker über meine offene Wagentür gelegt hat, kurz zu.

Zeit für ein Rennen, Baby!

So spät im Juni ist der Asphalt von den hohen Temperaturen tagsüber sogar jetzt immer noch warm. Die besten Bedingungen für die Reifen. Dadurch kleben sie auf der Straße wie ein Zug auf den Schienen.

Während ich im Schneckentempo zur Startlinie fahre, klopft mein Herz im Rhythmus zum Bass, der aus den Lautsprechern dröhnt. Vier Rennwagen stehen hier bereits Schnauze an Schnauze aufgereiht und ich schließe die Lücke in der Mitte. Links neben mir knurrt der weiße

Honda, dessen Fahrer mir einen herausfordernden Blick durch die offene Beifahrerscheibe zuwirft. „Mutig genug, deinen Wagen zu setzen, Kleiner?", ruft er herüber.

Die Rennen, die hier auf die Beine gestellt werden, erfordern immer eine Startgebühr von eintausend Pfund – bei Antritt. Das ist Standard. Der Gewinner bekommt alles. Nur in seltenen Fällen erhöhen die Fahrer inoffiziell den Einsatz ein wenig.

Ein elektrisierendes Kribbeln rauscht durch meinen Körper, während ich auf meiner Unterlippe kaue. Keine Ahnung, was für eine Art Fahrer er ist. Ängstlich, sicher, bescheuert, waghalsig? Ich habe ihn bisher noch nie ein Rennen fahren gesehen. Er könnte ein hirnloser Hochstapler sein, der mich herausfordert, obwohl er von meinem Ruf gehört hat. Oder er könnte mir gewachsen sein. Die Corvette heute Nacht schon wieder zu verlieren, würde mir echt die Woche versauen. Den Honda zu gewinnen, wäre allerdings ein Highlight.

Mir schlägt das Herz gerade bis zum Hals. Ach, scheiß drauf. Ich nicke. Und Sebastian grinst breit, als er sich wieder nach vorne dreht.

Nikki, ein schlankes Püppchen in schwarzen Hotpants und Highheels, die einem Wolkenkratzer Konkurrenz machen, flaniert durch die Reihe und nimmt dabei jedem von uns das Startgeld ab. Ich hauche ihr einen Kuss zu und zwinkere, als ich an der Reihe bin, meine tausend Pfund rauszurücken — ein dickes Bündel Fünfziger, das ich aus der Tasche ziehe. Die krass rotgeschminkten Lippen zu einem Lächeln gekrümmt, wünscht sie mir Glück.

Sobald sie das Geld sicher bei Rob, einem der fünf Linienrichter, deponiert hat, greift sich Nikki zwei karierte Flaggen und bezieht Position direkt vor uns. Elliot und Master B haben die letzte halbe Stunde den Polizeifunk überwacht. Das japanische Genie und der Kiffer mit den schulterlangen Dreadlocks sind die besten Hacker in der Stadt und somit auch verantwortlich für grünes Licht. Im wahrsten Sinne. Für die beiden Informatikstudenten ist es ein Kinderspiel, sich in das städtische Verkehrssystem einzuloggen und ein paar Ampeln zu manipulieren, damit wir die zwei Meilen die Old-Park Ave runter und um den Bush Hill Park herum freie Fahrt haben. Die Runde bin ich schon mehrere Male gefahren, nur nicht in letzter Zeit. Trotzdem kenne ich jedes Schlagloch, den Winkel jeder Kurve und sämtliche Stellen, an denen man besser den Fuß vom Gas nimmt, sofern man es lebend über die Ziellinie schaffen will.

Als Nikki die Flaggen endlich hoch über ihren Kopf hebt, heulen die Motoren des weißen Hondas und des dunkelroten Nissans rechts neben mir auf wie geile Wölfe. Ich tippe ebenfalls kurz aufs Gas, nur um Hallo zu sagen. Mit einem letzten Blick zu den Hackerkids fliegt Nikkis Pferdeschwanz über ihre Schulter. Und dann schwingt sie die Flaggen nach unten wie ein Flügelschlag eines Adlers.

Dieses Mal trete ich das Gaspedal bis zur Bodenplatte durch und ziehe den anderen Fuß von der Kupplung. Die verkürzten Schaltwege erlauben es mir, mich geschmeidig durch die Gänge zu arbeiten. Die Corvette ist ein sportliches kleines Luder; sie liegt perfekt in der Hand und ist zu jedem Unfug bereit. Wir flitzen die Straße hinunter, vorbei an anderen Autos, die in den Seitengassen warten, weil sie gerade vor ungeplantem roten Licht stehen. Ich muss mich nicht nach ihnen umdrehen, um zu wissen, dass die Köpfe der Fahrer vor Überraschung von links nach rechts schnellen.

Zweihundertfünfzig Meter nach Start liegen der Honda, der Nissan, ein schwarzer BMW und ich gleichauf. Der violette Golf mit vermutlich gerade mal knapp 400 PS schnuppert nur noch unsere Abgase. Mein Blut brennt wie Feuer, als wir uns der ersten starken Linkskurve nähern. Diese Stelle wird entscheiden, wer die Führung übernimmt, da auf der Straße nicht genug Platz für vier Wagen ist. Wir alle sind ausgezeichnete Fahrer. Und wir haben alle ein schnelles Auto. Aber nur der Waghalsigste von uns wird es an die Pole-Position schaffen. Und ich habe vor, dieser Fahrer zu sein.

Ich schalte runter, trete kurz auf die Bremse und steige sofort wieder aufs Gas, um den kürzest-möglichen Weg um die Biegung zu erwischen. Wir verlieren den Nissan und auch der BMW reagiert eine Nanosekunde zu langsam. Inzwischen drifte ich elegant um die Kurve und das Quietschen der Reifen verspricht, dass ich schon bald einen neuen Satz für die Stingray brauchen werde. Der Honda driftet direkt neben mir – in der Außenkurve. Das kostet ihn Zeit. Na bitte, wer sagt's denn? Pole!

Sebastians Honda schnuppert an meinem Auspuff. Er ist so nahe an mir dran, dass ich nicht einmal mehr seine Scheinwerfer oder auch nur die Motorhaube im Rückspiegel sehen kann. Gerade befinden wir uns auf der kurzen Seite des Parks. Er wäre verrückt, wenn er jetzt versuchen würde, mich zu überholen, weil mir die Spur gleich neben dem Bordstein gehört. Außerdem würde er dabei mindestens eine halbe Sekunde verlieren, weil er wieder die Außenkurve auf die lange Parkseite nehmen müsste.

Der Nissan, der BMW und der Golf liegen inzwischen weit hinter uns. Wenn Sebastian und ich uns auf diesem Streckenabschnitt nicht selbst ausknocken, sind sie raus. Keine Chance mehr auf Cash.

Lediglich der Honda hängt immer noch an meinem Arsch. Ich kann im Rückspiegel sehen, wann er zum Überholmanöver ansetzt, doch mein Gaspedal liegt bereits flach auf dem Boden. Sebastian kämpft um jeden Zentimeter Asphalt, genauso wie ich. Und als wir uns endlich der letzten Kurve vor dem Ziel nähern, sind unsere Vorderreifen wie siamesische Zwillinge.

Nur noch einhundert Meter. Genug für das Arschloch, um sich noch eine halbe Wagenlänge Vorsprung rauszuschlagen. Trotzdem bin ich immer noch in der besseren Position für den Drift ins Ziel. Ich schalte erneut runter, tippe auf die Bremse und spüre, wie das Heck der Corvette ausbricht. Mit nicht mehr als einem halben Meter Abstand zwischen unseren beiden Wagentüren vollführt Sebastian das gleiche Manöver. Als wären wir eine Einheit, schlittern wir gemeinsam um die finale Kurve und direkt über die Ziellinie, hinter der schon die Zuschauer auf beiden Seiten jubeln.

Fuck! Keine Ahnung, wer von uns die entscheidenden letzten Zentimeter gepackt und das Rennen gewonnen hat.

Mein Herz klopft einen brutalen Beat, als ich die Corvette mitten auf dem Parkplatz anhalte und aussteige. Sebastian wirft bereits seine Autotür zu. Während die Linienrichter erst noch die Videos und Fotos auf ihren Handys auswerten müssen, um den Gewinner der fünftausend Pfund bekanntzugeben, kommt Sebastian auf mich zu und hält dabei seine Hand auf Brusthöhe. Ich schlage ein und drücke sie kurz. So viel besser, als den Kerl zu küssen. „Geiles Rennen", gestehe ich ihm zu. „Respekt."

Grinsend lässt Sebastian meine Hand los. „Dann ist es also wahr, was die Leute über dich sagen. Du bist einzigartig, Raff."

Wie es aussieht, wohl nicht mehr. Er ist tatsächlich ein

ebenbürtiger Gegner. Verdammt, ich hoffe nur, ich habe nicht gerade mein Auto ver—

„Unentschieden!", schreit Rob aus dem Wirrwarr der Linienrichter, die bis jetzt die Köpfe zusammengesteckt hatten. „Es ist ein fucking *Unentschieden!*"

„Was …?" Das Wort bricht aus meinem kratzigen Hals und ich spüre, wie mir die Farbe aus dem Gesicht fällt. Rob und Lauren laufen auf uns zu und halten dabei beide ein spektakuläres Finish-Foto auf ihren Handys hoch, wie die Corvette und der Honda komplett synchron über die Ziellinie driften. Wenn es hier nicht um mein Auto ginge, würde ich glatt vor Bewunderung durch die Zähne pfeifen. Im Moment bin ich aber still wie der letzte Sonnenstrahl des Tages.

„Shit, nein!" Sebastian legt beide Hände über die Kappe auf seinem Kopf, doch er nimmt die Nachricht mit bedeutend mehr Humor als ich und lacht ungläubig dabei.

Es ist mir scheißegal, ob das Preisgeld geteilt wird und ich mit mehr als dem Doppelten meines Einsatzes nach Hause gehe. Ich verliere heute Nacht meine Corvette! *Schon wieder!* Denn *Unentschieden* bedeutet —

„Wir müssen die Wagen tauschen", sagt Sebastian trocken.

Ja. Das müssen wir. So sind die Regeln. Aber ich will meine C7 nicht hergeben! Was soll ich denn mit einem verfluchten Honda?

Ich stehe immer noch etwas neben mir, als Nikki jedem von uns unseren Anteil des Preisgeldes überreicht und ich das Bündel Banknoten in meine Hosentasche quetsche. Beim folgenden Klopfen auf meine Schulter zucke ich herum. „Das war ja mal echt meeega!", jubelt Felix, doch er kriegt sich sofort wieder ein und zieht eine mitleidige Grimasse, als er mein Gesicht sieht. „Tut mir leid, Alter."

Tanja legt ihre Finger unter mein Kinn und grinst mich schief an. „Naaa, jetzt guck doch nicht wie ein ausgesetzter Welpe, Riff-Raff. Der Honda ist auch ein sexy Auto. Ihr müsst euch nur erst mal richtig kennenlernen und aneinander gewöhnen." Wie ein Häschen zieht sie die Stupsnase hoch und neckt mich. „Er wird deine Macken lieben."

Ich packe sie hart am Handgelenk und nehme ihre Hand von meinem Gesicht. Die Kleine bettelt offenbar nach einem Spanking, bis ihr süßer Arsch glüht wie ein Erdbeerfeld. Sie würde mich nicht Riff-Raff nennen, wenn es nicht so wäre. Erbarmungslos ziehe ich sie an mich und knurre ihr ins Ohr. „Morgen, Kätzchen. Morgen ..."

Tanja stöhnt voller Vorfreude. Sie entzieht mir ihre Hand, sobald ich meinen Griff lockere, und kehrt dann zurück an Felix' Seite. Die Finger auf seiner Schulter verschränkt, legt sie ihr Kinn darauf und schickt mir einen feurigen Blick. Sie ist zum Anbeißen, wenn sie einen auf provokative Wildkatze macht. Zu schade, dass ich diese Art

von Mahl nur gefesselt und mit verbundenen Augen in
meinem Spielzimmer genieße.

KAPITEL 2

Sebastian

Ich habe die Corvette gewonnen.

Ich habe meinen Honda verloren.

Soll ich mich jetzt freuen oder lieber den Kopf gegen die Wand schlagen?

Fuck, ich weiß es nicht.

Das ist mein erstes Unentschieden überhaupt und ich verliere so gut wie nie. Schon klar, ich wollte diese schwarze Schönheit von dem Moment an, als ich sie vor zwanzig Minuten zum ersten Mal gesehen habe – und eventuell auch die Schönheit in Platinblond. Aber *Tauschen* stand nie auf meinem Plan.

Für den unwahrscheinlichen Fall, dass ich dennoch einmal mein Auto bei einem Rennen verliere, habe ich die Papiere in solchen Nächten immer im Handschuhfach. Keine Ahnung, wie Raffael das handhaben will, darum lehne ich mich erst einmal mit verschränkten Armen an mein Auto, Beine überkreuzt, und lasse ihm noch einen Moment, um mit seinen Freunden rumzualbern, ehe ich mich einmische. „Bist du bereit, dein Auto aufzugeben? Hast du alle Papiere mit?"

Er zieht seine Aufmerksamkeit von dem Mädchen ab, das vielleicht oder vielleicht auch nicht mit dem Rothaarigen zusammen ist, und richtet seinen nun wieder kühlen Blick auf mich. „Ich habe meinen Wagen eine ganze Woche nicht gefahren. Die Papiere liegen zu Hause. Du kannst mir folgen."

Nope, er ist auch nicht so glücklich über den Tausch.

Ich nicke und beobachte, wie er ohne ein weiteres Wort hinter das Steuer der Corvette sinkt. Seine Stirn liegt dabei in tiefen Falten. Erst, als er die Tür zuzieht und den Motor startet, steige auch ich in meinen Wagen und drücke den Knopf, der den Motor wie einen Jaguar zum Schnurren bringt. In wenigen Minuten taucht vermutlich sowieso die Polizei hier auf. Was die Jungs mit den Ampeln angestellt haben, bleibt üblicherweise nicht lange unentdeckt. Die Masse an Zuschauern zerstreut sich auch bereits.

Ich wende auf dem Parkplatz und rolle hinter Raffael, der mit einem Arm im offenen Fenster neben seinen Freunden stehen geblieben ist. „Die Schlüssel zum Ford stecken im Zündschloss. Verbuddel ihn am besten im selben Scheißloch, aus dem du ihn ausgegraben hast", sagt er mit einem selbstgefälligen Grinsen. Es bringt mich zum Schmunzeln. Verdammt, auf was für verrückte Wetten kommen diese Kids nur, wenn man ihnen Freitagnacht die PlayStation abdreht?

Andererseits sollte ich sie wohl eher nicht als *Kids* ansehen. Raffael meinte, er ist dreiundzwanzig. Das macht ihn nur zwei Jahre jünger als mich, allerdings hatte er recht; er sieht kaum so alt aus, wie er tatsächlich ist. Ich bin mir fast schon wie ein Pädophiler vorgekommen, als ich ihn vorhin geküsst habe. Ja, okay, nein, bin ich nicht. Seine Augen strahlen mit einer coolen Dominanz, die die Erfahrung, die seinem jugendlichen Gesicht offenbar fehlt, mehr als nur ausgleicht.

Ich würde ja sagen, er ist absolut mein Typ. Aber das wäre gelogen, denn ich habe keinen wirklichen Typ. Ich vögle so ziemlich alles, was ein bisschen Spaß verspricht — ob Pussy oder Arsch ist mir dabei egal. Zu schade, dass er anscheinend nicht für beide Teams spielt. Es war so offensichtlich, dass ich der erste Kerl-Kuss in seinem Leben war. Stand deutlich in seinem Gesicht geschrieben und ebenso in der anfänglichen Anspannung, als ich meine

Zunge in seinen Mund gesteckt habe. Trotzdem war es gar kein so schlechter erster Kuss.

Sobald er den Parkplatz verlässt und sich in den inzwischen wieder fließenden Verkehr einreiht, hänge ich mich an sein Heck und folge ihm durch London. Wir kommen an der Abzweigung zu meinem Apartment in Primrose Hill vorbei und fahren direkt weiter nach Mayfair. Soso, ein reicher Bursche, wie? Die Corvette ist schon ein ziemlich guter Beweis dafür, allerdings hätte sie auch sein Sparschwein sein können. In dem Moment aber, als wir in Brook's Mews einbiegen, er vom Gas geht und runter in die Tiefgarage eines Hochhauses fährt, sind alle meine Zweifel weggeblasen.

Ich folge ihm die langgezogene Kurve runter zu einem Platz, der geradezu „*Money*" von allen Ecken und Enden schreit. Porsches, Audis, massenhaft BMWs und sogar ein kirschroter Lambo wurden hier für ihren Schönheitsschlaf abgestellt. Raffael parkt punktgenau in Lücke 37 neben einem schwarz funkelnden Jeep, der einer Bärenfamilie Obdach gewähren könnte. Ich stelle den Honda auf 37A ab, vermutlich der Parkplatz für seine Gäste.

Als der Motor aus ist, nehme ich mir noch ein paar Sekunden und sitze einfach nur still hier, die Finger fest um das Lenkrad geschlossen. Ein leises Seufzen arbeitet sich nach oben. Ich liebe dieses Auto. Es ist wie ein loyales Haustier. Ein Hund, den ich als übermütigen Welpen aufgenommen und dann zum bestmöglichen Begleiter erzogen habe. Allerdings ist die Corvette kein schlechter Tausch. Mit Sicherheit ein Upgrade. Ob sie auch Charakter hat, werden wir noch sehen.

Ich hole die Papiere aus dem Handschuhfach und steige endlich aus.

Raffael scheint wohl ähnliche Gefühle für seine Stingray zu haben. Er streichelt sanft über die Dachkante und die Strebe neben der Windschutzscheibe entlang. Ich würde schwören, seine Lippen formen gerade die stillen Worte: *„Pass auf dich auf, meine Hübsche."*

Als ich mich auf die Motorhaube setze und warte, dass er alles Nötige aus seiner Wohnung holt, sieht er mich nur an und nickt dann zu den Aluminiumtüren des Aufzugs auf der anderen Seite der Tiefgarage. „Wir können die Formalitäten auch oben erledigen. Willst du ein Bier?"

Klingt besser, als im Keller auf ihn zu warten. „Klar." An seine Fersen geheftet, bewundere ich auf dem Weg durch die Garage die vielen Statussymbole, die uns umgeben. Das kurze *Tschiepen*, das mein Wagen von sich gibt, als ich auf den Knopf drücke, um die Türen zu verriegeln, klingt wie ein letztes *„Mach's gut."*

Hier unten befinden sich zwei Lifte, beide nur ein paar Meter voneinander entfernt. Raffael ruft den mit der Aufschrift *Privat* und es erscheint ein leuchtend roter Rahmen um den quadratischen Knopf, als er auf den Pfeil nach oben drückt. Sekunden später fahren die Türen auseinander und Raffael geht zuerst rein. Die vertikale Reihe an Etagennummern ist durch eine numerische Tastatur gesichert. Nachdem er auf das neunte Stockwerk gedrückt hat, tippt er vier Zahlen ein. Er macht kein Geheimnis aus dem Code. 2-1-1-2. Vielleicht sein Geburtsdatum im Dezember?

In die Kabine passen locker fünf oder sechs Leute rein. Marmor und Spiegel umgeben uns hier von allen Seiten. Raffael lehnt mit dem Rücken an eine Wand, Knöchel über Kreuz und die Finger fest um die Metallstange auf Hüftniveau geschlungen. Ich lehne an der Seite gegenüber, die Hände tief in den Taschen meiner Jeans.

Da keiner von uns beiden ein Wort spricht, habe ich genügend Zeit, sein Gesicht zu betrachten, während wir rauf in den neunten Stock fahren. Penthouse. Mann, der Kleine hat echt Stil. Und Augen, so arktisch blau, dass sie die Luft im Aufzug zum Gefrieren bringen könnten — selbst, wenn er nicht gerade sein Bestes geben würde, um mich mit seinem finsteren Blick zu töten. Mit den platinblonden Haaren und der blassen Haut, für die er vermutlich nicht viel kann, wirkt der Bursche wie ein Gletscher. Ein verdammt heißer.

„Norwegen?", rate ich einfach mal ins Blaue.

Der Lift hält an und die Türen verschwinden in den Wänden. „Island", antwortet er mit unterkühlter Stimme, als er direkt im Wohnbereich seines Apartments aussteigt, das von vereinzelten Spotlichtern in der Decke erleuchtet wird. Mehr Lichter leuchten automatisch auf, sobald er weiter rein geht. Ich drücke mich von der Spiegelwand ab und folge seiner unausgesprochenen Einladung, wobei ich mich ringsum in der riesigen Wohnung umsehe.

Graphitfarbene Steinfliesen legen den ganzen Fußboden aus. Die abgewinkelte weiße Ledercouch in der Mitte zwischen Lift und den enormen Fenstern, durch die man ganz Mayfair im Blickfeld hat, wirkt wie eine Krone. Sie steht zusammen mit einem niedrigen Tischchen auf einem blauen Angora-Teppich und die Vitrinen dahinter machen den Eindruck, als stünden sie still Wache im Hintergrund. Das Gaming-Headset und die Controller auf dem Tisch entlocken mir ein Grinsen und ich suche sofort nach dem Entertainment-Center. Gefunden! Ein gigantischer Flachbildschirm hängt an der Wand zu meiner Linken, mit einer PS4 und einer X-Box One auf einem schwarzen Regal direkt darunter. Ich wusste, dass er ein Spieler ist!

Während Raffael nach links hinten in den offenen Ess- und Küchenbereich verschwindet, staune ich immer noch über die geschwungene Treppe, die offenbar in den oberen Stock des Apartments führt. „Ach, du Scheiße!"

Raffael schmunzelt nur über meinen Ausbruch an Verblüffung. Der Klang kommt gepaart mit einem Flaschenklirren aus dem Kühlschrank, als er die Tür aufzieht. Ich geselle mich zu ihm, werfe die Honda-Papiere auf die dunkle Marmorplatte der großen Kochinsel und lehne mich mit verschränkten Armen dagegen. Er wirft die Kühlschranktür zu und kommt mit zwei Flaschen zu mir herüber. Die Verschlusskappe der Bierflasche hakt er an die Kante der Kochinsel, um sie mit einem kurzen Schlag zu öffnen, und stellt sie vor mich hin. Anschließend schraubt er seine Wasserflasche auf und hält sie mir entgegen.

„Trinkst du nicht gerne vor dem Schlafengehen?“, ziehe ich ihn ein wenig auf und schnappe mir das Bier, um mit seinem Anti anzustoßen. „Cheers.“

„Ich trinke keinen Alkohol.“ Während er die Flasche an seine Lippen hebt, fügt er noch hinzu: „Niemals.“ Dann nimmt er einen Schluck.

Leicht verwundert ziehe ich meine Augenbrauen zusammen, als das kalte Bier meine Kehle hinunterläuft. Meine stille Frage wird mit seinem beiläufigen Schulterzucken beantwortet. „Ich behalte gerne die Kontrolle.“

„Kontrolle?“ Jetzt weckt der Kerl, dessen Körper zwar schön definiert, aber nicht ganz so muskulös wie meiner ist, ernsthaft meine Neugier. „Über was?“

„Über alles.“ Er schraubt seine Flasche wieder zu und stellt sie ab, lässt seine schlanken Finger aber drumherum liegen. „Menschen. Autos. Aber besonders ... über mich selbst. Meinen Verstand. Alkohol bringt dich dazu, saudumme Dinge zu tun.“

Nun ziehe ich neckisch eine Augenbraue hoch und spreche in die Flaschenöffnung, die ich immer noch an meine Lippen halte. „Du meinst, wie fragwürdige Wetten mit deinen Freunden abzuschließen, in denen es um einen alten Ford und einen Kuss geht?“

„Nein.“ Sein Lächeln schafft es nicht ganz hoch bis zu seinen Augen. „Das war eine sehr kontrollierte Wette.“

Klingt faszinierend. Und traurig. „Du lässt wohl nicht leicht mal die Sau raus, oder?“

„Nie.“ Raffael lacht. Fuck, sogar das klingt nach einem kontrollierten Geräusch und es weckt in mir den Wunsch, tiefer in seine Psyche zu dringen. Viel tiefer.

Er verschwindet aus der Küche in einen Raum neben der Treppe. Als er bei seiner Rückkehr einen dünnen Stapel Zettel in der Hand hält, die wohl zur Corvette gehören, nehme ich an, dass es sich bei dem Zimmer um eine Art Büro handelt. Er wirft alles auf die Rücheninsel mit einem blauen Kuli obendrauf. In der Renngemeinschaft ist es üblich, dass man einen vorgefertigten Kaufvertrag für sein Auto besitzt. Offenbar läuft London nach den gleichen Regeln wie Eastbourne, die Stadt, in der ich aufgewachsen bin — und in der ich illegale Straßenrennen gefahren bin, seit ich achtzehn war.

Ich greife nach dem Stift und unterschreibe an allen nötigen Stellen. Dann reiche ich Raffael den Kuli und er zieht den Vertrag zu sich. „Es ist Freitagnacht", stellt er klar, während er seine eigene Unterschrift neben meinen Namen setzt. „Du wirst wohl kaum eine Versicherungsanstalt oder Behörde finden, die vor Montagmorgen wieder öffnet, um die ganzen Formalitäten mit der Ab- und Anmeldung zu erledigen." Er blickt zu mir hoch und legt dabei langsam den Stift nieder. „Ich nehme an, du willst trotzdem schon heute Nacht tauschen?"

Und wie ich das will. Mit einem breiten Grinsen nicke ich auf seine Frage. „Wir können uns am Wochenende ja beide schon ein wenig an unsere neuen Schlitten gewöhnen. Verdammt, ich sterbe vor Neugier, was deine Schönheit unter ihrem Röckchen verbirgt." Er reagiert nicht auf meine kleine Neckerei, sondern zieht nur den Schlüsselbund aus seiner Hosentasche und nimmt den Schlüssel für die Stingray ab. Mit einem schwermütigen Seufzen legt er ihn auf den Stapel Papiere. Meinen kriegt er im Austausch. „Ich komme nächste Woche mal vorbei, um den Deal abzuschließen."

Raffael beobachtet, wie der schwarze Chip-Schlüssel zur Corvette in meiner Hosentasche verschwindet. „Ich habe dieses Wochenende nicht wirklich viel Zeit, um dein Auto zu testen. Eine Freundin bleibt über Nacht." Erst jetzt wandert sein Blick wieder hoch in meine Augen. „Aber du kannst dich mit meinem austoben."

Seine Worte erinnern mich an die Bruchstücke einer

Unterhaltung, die ich zwischen ihm und der „vielleicht oder vielleicht auch nicht" Freundin von Felix aufgeschnappt habe. „Die kleine Schwarzhaarige?", frage ich und nehme noch einen Schluck Bier. „Was ist das für ein seltsamer Dreier, den du und dein Freund da mit ihr am Laufen habt?"

Mit geneigtem Kopf mustert er mich für einen Moment, ehe sich seine Lippen leicht nach oben krümmen. „Das möchtest du wohl gerne wissen?"

„Worauf du Gift nehmen kannst." Ich stelle die halbleere Flasche ab und schiebe die Finger in meine hinteren Jeanstaschen. „Aber wenn du es nicht verraten willst, kannst du mir stattdessen auch gerne erzählen, wie sich ein Typ in deinem Alter eine so unglaubliche Wohnung finanziert." Ich drehe mich im Stand und lasse meinen Blick noch einmal durch das Apartment schweifen. Es ist außerordentlich sauber hier drinnen. Sogar die Küche sieht aus, als wäre sie nie in Verwendung. „Womit verdienst du dein Geld, Mann?"

Raffael lacht – Scheiße, verdammt, dieses Mal klingt es sogar aufrichtig. Der Klang zieht meinen Blick zu ihm zurück. „Ich hatte eine reiche Großmutter in Island", verrät er mir. „Und außerdem habe ich ein paar protzige Schlitten gewonnen, die ich verkauft habe."

„Okay, eine nette Erbschaft und etwas Glück beim Straßenrennen. Ich verstehe."

Auf meine aufrichtige Bewunderung zuckt er nur belanglos mit den Schultern. „Willst du eine Tour durch die Wohnung?"

Ich muss gestehen, dass ich schon ziemlich neugierig bin, wie er so lebt, darum nicke ich und lasse ihm den Vortritt. Unser erster Abstecher geht in den Raum, in dem er vorhin verschwunden ist. Ich hatte recht, es ist ein Arbeitszimmer, aber nicht nur das. Ein großer Schreibtisch steht vor dem Fenster auf der linken Seite und rechts befindet sich eine Pressbank mit mehreren Gewichten. Darüber ziehen drei hohe Fotografien meine Aufmerksamkeit auf sich, die in einer perfekten Reihe mit je einem Fuß Abstand dazwischen an der Wand hängen. Zusammengenommen zeigen sie eine Gesamtaufnahme der Nordlichter über, wie ich vermute, Island.

„Wie lange lebst du schon in London?", will ich wissen, während ich zu den Fenstern rüber schlendere und auf die Straße unter uns schaue. Sein nordländischer Akzent ist kaum zu erkennen, doch nachdem man es erst einmal weiß, kann man ihn herausfiltern, wenn man nur aufmerksam genug zuhört.

„Meine Familie ist nach England gezogen, als ich sieben war. Nachdem meine Oma gestorben ist, sind meine Eltern aber wieder zurück in die Heimat gegangen und leben jetzt in ihrem alten Haus."

„Ohne dich?"

„Ich schätze, ich bin einfach zu einem echten Londoner Kind geworden. Zu viel Platz und Stille in Island. Außerdem gehe ich hier zur Uni. Ich hasse es, Dinge abzubrechen.“

Ich drehe mich um und finde ihn auf der Tischkante sitzend vor, die Arme wieder einmal verschränkt und die Adleraugen auf mich gerichtet. Neben ihm schiebe ich ein paar Zettel beiseite, die wie statische Zeichnungen eines Einkaufszentrums oder so was Ähnlichem aussehen. „Hast du die gemacht?“

Er löst seine Arme und umfasst stattdessen die Kante neben seinen Hüften. Den Kopf dreht er so, dass er die Pläne betrachten kann. „Ist ein Studienprojekt für einen meiner Kurse.“

„Dann studierst du Architektur?“ Ich hebe stirnrunzelnd den Blick. Raffael nickt und so kommt meine nächste Frage etwas ungläubiger über meine Lippen, als geplant war. „Warum?“

„Warum nicht?“ Er spiegelt meinen fragenden Gesichtsausdruck.

„Keine Ahnung. Durch das ganze Rennfahrerzeug, das du so am Laufen hast, dachte ich, du stehst mehr auf …“

„Gefahr?“, hilft er mir schief grinsend mit dem fehlenden Wort aus. Als er sich vom Tisch abdrückt und das Zimmer wieder verlässt, gehe ich ihm hinterher und schließe dabei die Tür. „Tja, ich schätze, ich mag wohl einfach die strukturierte Arbeit als Zeichner", versucht er sich zu erklären und nimmt als Nächstes die Treppe nach oben. „Ich finde es beruhigend, wenn Dinge einem bestimmten Muster oder Regeln folgen und sich alles innerhalb klar definierter Linien bewegt."

Darüber muss ich ein wenig schmunzeln, während ich Raffael mit zwei Stufen Abstand folge und dabei eine Hand locker über das Edelstahlgeländer gleiten lasse. „Ah, die Kontrollsache."

Raffael wirft mir einen intensiven Blick mit schlagseitigem Grinsen über die Schulter zu. „Ganz genau." Fuck, so wie seine hellblauen Augen dabei ein Spiel mit der Dunkelheit spielen, schließen sich meine Finger fester um die Metallstange.

Sobald er sich wieder nach vorne dreht, lasse ich aus der Vogelperspektive noch einmal meinen Blick über das Apartment schweifen. Hier ist echt alles makellos. Kein schmutziges Geschirr in der Küche und keine einzige streunende Socke liegt auf dem Boden rum, was für einen alleinlebenden Kerl in seinem Alter schon höchst ungewöhnlich ist. „Wer macht hier sauber? Du?"

„Rosa. Sie kommt zweimal die Woche, aber ich versuche, hier nicht zu viel Unordnung zu verursachen und ihr die Arbeit leicht zu machen."

Eine Putzfrau. Warum überrascht mich das überhaupt?

Der Gang in der oberen Etage gabelt sich in zwei

Richtungen, mit je einem Zimmer am Ende und zwei Türen in der Mitte. Der erste Raum, den er mir zeigt, ist sein Schlafzimmer. Wir bleiben auf der Türschwelle stehen, denn näher lässt er mich ganz augenscheinlich nicht an seine Bettlaken ran. Doch das Zimmer sieht genauso aus, wie ich es erwartet hatte. Ein großes Bett mit dunklen Satin-Bezügen steht zentral mit dem Kopfende an der linken Wand. Auf der anderen Seite befindet sich wie unten im Wohnzimmer eine durchgehende Fensterfront, durch die man auf die Lichter der Stadt sieht.

„Nett.“

Mir bleibt gerade noch genug Zeit, um einen Blick auf die Sitzbank vor den Fenstern und die Tür zu werfen, die vermutlich zu einem begehbaren Schrank neben einer niedrigen Kommode führt, ehe er das Portal zu seiner Privatsphäre wieder zuzieht.

Die nächste Tür führt in ein luxuriöses Badezimmer, das in Steinoptik gehalten ist, mit einer begehbaren Dusche hinter einer komplett durchsichtigen Glasscheibe und einer freistehenden Badewanne. Ich pfeife durch meine Schneidezähne. Hier befindet sich außerdem ein Doppelwaschbecken aus dunklem Marmor, aber ich habe so einen Verdacht, dass Raff hier ganz allein wohnt.

Wir gehen an der zweiten Tür in der Mitte des Stockwerks vorbei – absichtlich, nehme ich an – und er lässt mich noch einen Blick in das Zimmer am hinteren

Ende direkt gegenüber seines Schlafzimmers werfen. „Gästezimmer", gibt er mir zu verstehen.

Es ist eindeutig für weibliche Besucher eingerichtet. Alles hier drin sieht so viel weicher und wärmer aus als in seinem eigenen Schlafzimmer. Die Laken auf dem mittelgroßen Bett sind dunkelrot und wirken sehr exklusiv. Es liegen auch mehrere kleine rosa Kissen auf der Matratze und daneben steht ein Schminktisch mit dreiteiligem Spiegel. Kerzen stehen überall im Raum verstreut; eine auch auf dem Fensterbrett mit der einzigen Topfpflanze daneben, die ich im ganzen Apartment gesehen habe.

„Wie heißt sie?" Ich kann nicht widerstehen, zu fragen, und lehne mich dabei mit dem Rücken an den Türstock gegenüber von ihm. Mit verschränkten Armen warte ich auf seine Antwort.

„Wer?"

„Die Kleine, die du dir mit Felix teilst. Ich nehme an, sie benutzt dieses Zimmer hier von Zeit zu Zeit?"

Raffael zieht seine Unterlippe zwischen die Zähne und sieht mir in die Augen, während er offensichtlich überlegt. „Tanja", verrät er mir schließlich ihren Namen und lächelt dabei sogar ein klein wenig. Abgesehen davon, dass er die meiste Zeit über seine Hände in den Hosentaschen vergräbt, lehnen wir exakt spiegelgleich im Türrahmen, wobei sich unsere Fußspitzen beinahe in der Mitte berühren. Sein weites, trikotartiges T-Shirt, das genau in der

Mitte vertikal in Schwarz und Weiß geteilt ist, kommt mir langsam wie eine Reflexion seines Geistes vor. Er hat ein wirklich hübsches Lächeln, erlaubt sich aber nicht, es zu zeigen, weil es vermutlich gegen die verkorksten Regeln seiner eigenen Welt verstoßen würde. Hier ringt die arktische Kälte mit einer seltsam jugendlichen Sanftheit. Beide Seiten sind gleichermaßen anziehend.

Ich lasse den Gedanken ziehen und bleibe bei der Sache. „Sie ist also irgendwie mit deinem Freund zusammen, aber du darfst sie gelegentlich vögeln, sehe ich das richtig?"

Jetzt sieh mal einer an, Raffael hat sogar Grübchen. „Ich darf gelegentlich mit ihr *spielen.*" Sein inzwischen etwas wärmerer Blick kreuzt kurz zu der Tür, die er vorhin nicht geöffnet hat. „Und die beiden sind kein Paar. Wir drei hängen schon miteinander ab und vögeln rum seit ... ewig."

Ja, den Eindruck machen sie auf jeden Fall. Lachend drehe auch ich mich nun zu dem geheimnisvollen Zimmer. „Was ist da drin?"

„Spielplatz?" Sogar seine Stimme klingt im Augenblick verspielt. „Alles, um ein bisschen herumzuexperimentieren."

„Darf ich mal sehen?"

Sein Oberkörper wippt leicht nach vorne, um ihm beim Aufrichten und Wegkommen vom Türstock zu helfen, ohne, dass er dabei die Hände benutzen muss. Eine zieht er aber trotzdem aus der Hosentasche und legt sie auf die Klinke der mysteriösen Tür, als er davor stehenbleibt und sich zu mir umdreht. „Der Schlüssel zu diesem Zimmer ist dein Safeword.“

Ah, jetzt wird es interessant. Mit einem anzüglichen Lächeln gehe ich auf ihn zu und bleibe nur Zentimeter vor seinem Körper stehen. Ich kann seine Wärme spüren. Mein fordernder Blick fängt seinen ein, wobei ich meine Hand über seine auf die Türklinke lege und langsam nach unten drücke. „Ich spiele nicht mit Safewords“, raune ich fast schon zu nahe an seinen Lippen.

KAPITEL 3

Raffael

Sebastians Hand fühlt sich warm an. Und etwas rau. Vermutlich leicht schwielig, weil er das Lenkrad immer nur mit dem Handballen herumdreht und die andere Hand auf dem Schaltknüppel liegen hat.

Ich kann seinen Atem in meinem Gesicht spüren, während er mir so nahe kommt, als würde ihm meine Privatsphäre einen Scheiß bedeuten. Oder als würde er es absichtlich tun, um dieses seltsame Gefühl in meinem Bauch wieder heraufzubeschwören, das ich schon auf dem Parkplatz, eingeklemmt zwischen ihm und dem alten

Blechhaufen, hatte. Als er die Klinke in meiner Hand nach unten drückt, mache ich gemeinsam mit der Tür einen Schritt nach hinten, um ihm zu entkommen. Normalerweise drücke ich mich nicht vor Konfrontationen, egal welcher Art. Heute Nacht gehe ich nur dieser viel zu intensiven Nähe aus dem Weg.

Sebastian schmunzelt nur über meine Reaktion und tritt in meinen Playroom. Ich lege den Schalter neben der Tür um und sofort geht ein schummriges indirektes Licht an, das an der Deckenkante entlangläuft. An der Wand links steht ein Himmelbett aus Mahagoniholz, das mit dunkelvioletten Laken bezogen ist. Der Rahmen spiegelt sich im Fensterglas, zusammen mit Sebastians Silhouette, während er langsam durch den Raum streift.

Aus demselben dunklen Holz wie das Bett sind auch die Schränke und Regale an den Wänden, die in einem neutralen Latte-Macchiato-Ton gestrichen sind. Ich hasse schrille Farben, ganz besonders, wenn sie eine schmuddelige Atmosphäre in einem Raum erzeugen, der für Ästhetik geschaffen wurde. Nichts hier drinnen ist obszön.

Ich brauche auch keine abartigen Foltergeräte oder schmutziges Spielzeug. Die ausgepolsterten Riemenfesseln, die vom Querbalken des Bettes hängen, mag ich am liebsten. Tanja sieht Hammer aus, wenn sie mit verbundenen Augen darin hängt, zitternd, was als Nächstes mit ihr passiert.

Ich schlendere zum Bett und beobachte an einen der Pfosten am Fußende gelehnt, wie Sebastian weiter den Raum erkundet. Die Schubladen beinhalten eine nette Auswahl an Floggern und vielleicht auch die ein oder andere Peitsche. Aber den meisten Platz in den edlen Schränken nimmt mit Sicherheit die große Auswahl an Seilen aller Art, Ketten, Handschellen und Gürteln ein. Ich muss nicht brutal zu meinen Spielgefährtinnen sein. Bondage ist wirklich mein Ding. Die absolute Kontrolle über sie zu haben. Es entspannt mich, wie ein Wiegenlied kleine Kinder beruhigt.

Als Sebastian an der Stereoanlage vorbeigeht, drückt er auf *Play* und sofort erklingt ein hypnotischer Song aus den versteckten Lautsprechern überall im Raum. Willkürlich zieht er einige Schubladen auf, nimmt ein paar Gegenstände heraus und betrachtet sie genauer. Seine Finger gleiten über die Sammlung an Handschellen, die auf dem schwarzen Filz im Inneren der Schublade aufgereiht sind. Dann nimmt er die robusten Metallschellen hoch, die aussehen wie eine Acht, und fasst mich neugierig ins Auge, während er das Ding auseinanderklappt, in dem er den Schließmechanismus drückt. „Auf sowas stehst du?"

Ja. Ich ficke lieber hier drinnen und genieße die Leidenschaft in kontrolliertem Rahmen, als mit einem Mädchen nach Hause zu gehen, wo sie in ihrem Schlafzimmer vor Aufregung vielleicht etwas übermütig werden könnte. Ich bin kein großer Fan von Duracell-Hasen. Als einzige Antwort bekommt Sebastian jedoch nur ein gleichgültiges Schulterzucken.

Den skeptischen Blick auf das Metallteil gerichtet, öffnet und schließt er es noch einige Male, ehe er den Kopf neigt und es prüfend in seiner offenen Hand wiegt. „Ziemlich schwer."

Ja, ist es. Und dabei ist das noch die kleine Edition. Tanja hat zierliche Unterarme. Das meiste Zeug hier drinnen ist auf ihre Bedürfnisse abgestimmt. Sebastians starke Handgelenke passen wohl kaum in die Öffnungen. Meine? Möglicherweise.

Ich gehe auf ihn zu und greife nach der Metall-Schleife, um sie wieder zurück in die Schublade zu legen, aber Sebastian zieht seine Hand überraschend zurück und ich erwische nur Luft. Im selben Moment packt er meine beiden Unterarme und windet sie schneller auf meinen Rücken, als ich protestieren kann. „Was zum —?"

Es folgt ein Klicken, wobei ich spüre, wie sich das schwere Metall um meine Handgelenke schließt und meine Arme bewegungsunfähig macht. Erschrocken und stinksauer versuche ich, über meine Schulter zu blicken, doch dabei stoße ich beinahe mit meiner Nase an seine. Sein Gesicht ist so nahe, dass ich aus Schock den Atem anhalte.

Seine Finger liegen immer noch um meine Handgelenke

und halten sie fest, obwohl ich ganz offensichtlich sowieso nicht freikomme. Seine Körperwärme dringt dabei durch meine Haut. „Wie lautet dein Safeword?", raunt er mit intensivem Blick in meine Augen.

Shit! Ich muss lachen. „Das geht dich einen Scheißdreck an. Jetzt lass mich los."

„Mmmh, nein, ich denke nicht." Er greift um mich herum, um eine schwarze Augenbinde aus der Schublade zu ziehen, die immer noch offensteht. Mit einem gefährlichen Grinsen auf den Lippen faltet er sie auseinander und hält sie mit beiden Händen hoch. Ein schmutziges Versprechen funkelt in seinen kastanienbraunen Augen. Völlig durcheinander starre ich ihn finster an und mache dabei zwei Schritte nach hinten, bis mich die Wand in meinem Rücken stoppt. Er steht bereits vor mir, noch ehe ich entkommen kann, und legt mir die Augenbinde um, die er an meinem Hinterkopf verknotet.

Mein ganzer Körper verkrampft sich. Verfluchte Scheiße, alles ist schwarz. Mein Atem beschleunigt, bis er sich an meinen rasenden Herzschlag angeglichen hat.

„Du hast gesagt, der Raum ist für Experimente gedacht." Sebastians heißer Atem benetzt die Haut hinter meinem Ohr mit seinem Flüstern. Eine eigenartige Gänsehaut zieht dabei über meinen Nacken. „Also lass uns experimentieren."

Meine Lippen öffnen sich, als ich nach Luft schnappe.

Gott! Ich muss hier raus!

Aber ich kann rein gar nichts sehen und diese beschissenen Handschellen hinter meinem Rücken lassen sich auch nur an einer Stelle öffnen – an die ich im Leben nicht rankomme. Dieses Ding wurde nicht dafür gemacht, um mit sich allein zu spielen.

Sanfte Finger legen sich um mein Kinn und drehen meinen Kopf genau dahin, wo Sebastian mich haben will. Seine Stimme ist so tief und ruhig, dass sie einen kribbeligen Schauer nach dem anderen durch meinen Körper jagt. „Dein Safeword, Raff?"

Ich habe das Wort schon seit Jahren nicht mehr ausgesprochen. Denn ich befinde mich *niemals* auf dieser Seite des Deals. „Komm schon, diese Art von Spiel spielst du doch gar nicht", versuche ich ihn zur Vernunft zu bringen. „Jetzt nimm mir endlich diese verfluchten Handschellen ab und, in Gottes Namen, die Augenbinde."

„Warum?" Sebastian schiebt seine Hände unter mein Shirt und streift langsam über meine angespannten Bauchmuskeln hoch. Ich zucke zurück, doch es besteht keine Chance, von hier zu entkommen. Seine Hände gleiten hinter meinen Rücken und über meinen Arsch. „Bist du mir nicht gern ..." Er drückt zu. Großer Gott! „...ausgeliefert?"

Mir wird gerade viel zu heiß, was wiederum die Panik in mir schürt. Mein Nacken kribbelt. Brennende Wellen aus Adrenalin schießen durch meine Venen. Alles zentriert sich in meinem unteren Bauch. Heilige Scheiße!

„Safeword ...", stöhnt Sebastian kehlig an meine Lippen. „Jetzt."

Der Duft von sonnengewärmter Haut und wilden Wasserfällen steigt mir in die Nase. Ich kneife die Augen unter der Binde noch fester zu und neige den Kopf zurück, da fängt das Arschloch an, meinen Hals zu küssen. Und obwohl ich Sebastian dafür in die Tiefen der Hölle verdamme, schaffe ich es nicht, das sinnliche Gefühl an sich zu bedauern.

Was zum Geier stimmt mit mir nicht?

Als er anfängt, mit seiner Zunge langsame Kreise auf meine Haut zu malen, ächze ich nur ein einziges Wort. „Titanium."

„Gut ..." Sebastians leises Lachen an meinem Hals ist gefährlich, verwirrend wie sonst was, und alles, worauf ich mich gerade noch konzentrieren kann. „Ich versuche, es mir zu merken."

Sobald seine Hände wieder über meine nackte Haut nach vorne auf meinen Bauch und hoch über meine Brust rutschen, überkommt mich ein Zittern. „Ernsthaft, ich bin dir dankbar, dass du mich vorhin von dem alten Schrotthaufen freigeküsst hast", krächze ich. „Aber ich stehe nicht auf Jungs."

„Bist du dir da sicher?" Er schiebt mein T-Shirt nach oben und sinkt gleichzeitig auf seine Knie, um einen Pfad durch das Tal zwischen meinen Bauchmuskeln zu küssen, wobei er der Vertiefung meines Nabels eine Extraliebkosung mit seiner Zungenspitze gibt. „Denn hier formt sich gerade eine ziemliche Beule in deiner Hose, die etwas ganz Anderes sagt."

Ich weiß. Scheiße, das kann doch jetzt echt nicht sein!

„Es ist nicht das, wonach es aussieht." *Ich schwör's!*

Sebastians Finger streifen sanft über meine Haut direkt über dem Bund meiner Hose und bringen meine Muskeln damit zum Zucken. Zwischen ihm und der Wand gefangen, merke ich sofort, als er aufsteht. „Ach nein?" Seine dunkle Stimme erklingt viel zu nahe an meinem Ohr und seine Bartstoppeln kratzen dabei über meine Wange. „Oder ist es vielleicht genau das, was ich denke, und du stellst dir bereits vor, wie sich meine Zunge an deinem Schwanz anfühlt?"

Durch meinen viel zu raschen Atem zittern bereits meine Nasenflügel. Das gerät hier total außer Kontrolle. Ich *kann* aber die Kontrolle nicht verlieren. Niemals!

Sebastian greift an meinen Gürtel und meine Hüften rucken, als er grob daran zieht, um ihn aufzumachen.

Mein Herz klopft so wild gegen meinen Brustkorb, dass ich befürchte, es knockt sich gleich selber aus. Ich lege den Kopf hinten an die Wand. In meinen Gedanken kreist nur noch ein Wort. „Ti—"

Sebastian schmettert seine Lippen gegen meine und schneidet damit jeden Ton ab. Er drückt seine Zunge in meinen Mund und fest gegen meine eigene, als wollte er damit dieses verdammte Wort direkt zurück in meine Kehle schieben. Und ich kann es nur zulassen.

Seine Finger lockern sich von meinem Gürtel und haken sich stattdessen unter die Augenbinde. Er zieht sie mir vom Kopf, wobei sein Gesicht immer noch so nahe ist, dass ich seinen Atem spüren kann. Ein tiefes Knurren kommt durch ein schmales, amüsiertes Grinsen. „Du verdammter kleiner Feigling."

Nur wenige Zentimeter liegen zwischen seinen Augen und meinen. Unsere Blicke verschmelzen mit einer Intensität, die sich in jede einzelne Zelle meines Körpers brennt. Der Moment scheint gerade endlos zwischen uns, während die Luft um uns herum in Flammen steht. Ich kann kaum noch atmen. Dann lehnt er sich nach vorne und legt seine Lippen noch einmal auf meine. Seine Zunge hat seit dem Rennplatz das letzte bisschen Zigarettenrauch verloren und birgt nur noch einen Hauch von Heineken. Sie streift an meiner entlang, langsam und sinnlich, und bringt mich beinahe schleichend dazu, die Augen zu schließen. Sein Körper drückt sich fester an meinen, als er um mich herumfasst und hinter meinem Rücken seine Finger mit meinen verschränkt, wobei er kurz zudrückt. Meine Finger schließen sich ebenfalls.

Im nächsten Moment öffnet Sebastian die Schelle. Das schwere Metall gleitet von meinen Handgelenken direkt in meine Hände. Es ist etwas, woran ich mich festhalten kann, als er sich aus dem Kuss zurückzieht. Meine Lider zucken wieder auf.

Ein warmer Schimmer umgibt das Dunkle in seinen Augen. Als er zwei langsame Schritte nach hinten macht, zieht sein linker Mundwinkel kaum merklich nach oben. „Danke für dein Auto, Raff ...“

Dann verlässt er das Zimmer und ich kann ihm bei Gott nicht folgen. Immer noch auf zittrigen Knien sacke ich gegen die Wand hinter mir und brauche eine Minute, um wieder zu Atem zu kommen.

Oder vielleicht auch fünf.

Ich reibe mir mit den Händen übers Gesicht, schiebe sie durch meine Haare und lasse sie dann in meinem Nacken verschränkt liegen. Den Blick an die Decke geheftet, spüre ich, wie sich jeder Atemzug durch meine Brust beißt. What. The. *Fuck!?*

Unerbittlich kämpfe ich darum, die Kontrolle über mich selbst wiederzuerlangen. Dabei schließe ich die Augen und streife mir mit der Zunge über die Lippen. Ich kann Sebastian immer noch in meinem Mund schmecken. Er hätte nicht —

Und *ich* hätte nicht ...

Das ist soo falsch.

Ich stoße einen langen Atemzug aus, öffne dabei die Augen wieder und blicke zur Tür, durch die er verschwunden ist. Als ich endlich so weit bin, dass ich es auf meinen wackeligen Beinen nach unten schaffe, ist die Wohnung bereits still und leer. Sebastian ist gegangen. Und er hat die Papiere für die Corvette mitgenommen.

*

Schafe zu zählen ist sinnlos. Wirklich. In völliger Dunkelheit in die Satinlaken gewickelt, habe ich es letztendlich doch nur für einen kurzen Moment geschafft, meine Gedanken vom Spielzimmer fernzuhalten, dann sind sie volles Karacho wieder hineingerattert. Und wie weit bin ich gekommen? 3567. Als die Schafe sich schließlich eins nach dem anderen in weiße Hondas verwandelt haben, blieb mir nichts anderes mehr übrig, als die Decke zurückzuschlagen und barfuß runter in die Küche zu laufen, um einen Schluck Wasser zu trinken. Danach habe ich die X-Box angeworfen. *Grand Theft Auto* ist auf jeden Fall eine bessere Art, um jemanden durch die Nacht zu bringen, als dämliche Schafe zu zählen, die über einen imaginären Zaun hüpfen.

Gegen Morgen habe ich dann doch noch eine Mütze voll Schlaf erwischt. Und von Marlboro-Küssen geträumt. Mann! Mein ganzer Körper war schweißnass, als ich aufgewacht bin.

Jetzt stehe ich schon seit einer Dreiviertelstunde unter

der Dusche hinter der Glaswand. Fünfundvierzig Minuten, in denen ich verzweifelt versucht habe, das eigenartige Gefühl wegzuwaschen, dass ich gegen die Regeln verstoßen habe. Na ja, gegen eine zumindest. *Die* Regel. Herrgott! Ich drücke noch mehr Duschgel in meine offene Hand und schäume damit meinen Körper vom Hals bis zu den Zehen ein – zum fünften Mal, seit ich das Wasser aufgedreht habe. Aber der Drang danach, Dinge in ordentliche Reihen zu richten, will einfach nicht weggehen.

Schlussendlich drehe ich den Wasserstrahl ab und rubble mich mit einem weichen Handtuch trocken. Dann putze ich mir die Zähne – ungefähr sieben Minuten lang oder so, aber das hilft genauso wenig wie gestern Nacht. Ich kann Sebastians sinnliche Berührungen immer noch auf meiner Zunge spüren. Die Augen fest zusammengekniffen, hänge ich noch eine Minute Putzen an, ehe ich mir den Mund ausspüle und das Gesicht mit einem frischen Handtuch abtrockne. Das weiche Material fühlt sich gut auf meiner Haut an. Vielleicht, wenn ich es mir nur lange genug über den Mund und die Nase presse, falle ich ja in ein Koma und kann damit mein Gehirn rebooten. Dabei werden dann sicherlich diese ganzen merkwürdig warmen Erinnerungen von gestern aus dem Speicher gelöscht.

Der Klingelton meines Handys in der Küche hält mich davon ab, mich hier selbst auszuknocken. Ich hänge das Handtuch über die Stange und jogge in Baggy Pants und einem frischen grauen T-Shirt die Treppe runter.

Tanjas Name steht auf dem Display.

„Hey, Kleines. Was gibt's?", begrüße ich sie.

„Schlechte Nachrichten. Ich kann dieses Wochenende nicht über Nacht bleiben." Aufrichtiges Bedauern drückt auf ihre Stimme. „Meine Tante Clarissa hat die ganze Familie morgen zum Brunch eingeladen. Mom killt mich, wenn ich nicht mitkomme."

Ich schließe die Augen und lasse ein tiefes Knurren aufsteigen.

„Möchtest du das Wochenende aufschieben oder lieber die Tage aufteilen?", lässt sie mir die Wahl.

Ich muss vögeln. Eine Frau. Schnell. „Kein Aufschub. Heute geht in Ordnung."

„Okay, dann bin ich in einer Stunde da." Sie legt auf und ich werfe mein Handy zurück auf den Tresen. Dann ziehe ich die Kühlschranktür auf, weil ich einfach etwas sortieren muss. Irgendwas. Fünf Bierflaschen sind im Seitenfach an der Türinnenseite aufgereiht. Gestern Nacht waren es noch sechs. Ich drehe sie alle so, dass die Etiketten perfekt in einer Linie sind. Das Bier ist für Gäste gedacht — hauptsächlich für Felix, wenn er hier abhängt. Sprite und Wasser, meine beiden Hauptüberlebensquellen, füllen das ganze obere Fach des Kühlschranks und darunter steht eine Box mit mexikanischem Essen, das noch von gestern Mittag übrig ist. Ich öffne den Deckel und rieche kurz daran. Das geht auf jeden Fall noch für ein einsames Dinner heute Abend, wenn Tanja gegangen ist.

Ich schließe den Deckel wieder und stelle die Box zurück, und zwar genau in die Mitte des Glasfachs, da darauf nichts anderes mehr steht, womit ich sie noch arrangieren könnte. Als Nächstes teile ich die Äpfel im unteren Regal in zwei Gruppen. Süße links und saure rechts. Da ist einer dabei, der ist weder wirklich rot noch grün. Ein verdammter Mischling, der nirgendwo dazu passt. Den nehme ich raus und beiße rein, während ich die Tür zuwerfe.

Zehn Minuten später räume ich meinen Schreibtisch auf, sortiere die Zeichnungen, die Sebastian auseinandergeschoben hat, und drücke hinterher ein paar Gewichte. Ich bin kein großer Fan von Leuten, die sich zu einer Ballonversion von sich selbst aufpumpen, aber ich bleibe gerne in Form und halte meine Muskeln schön definiert.

Sebastian ist etwas muskulöser als ich. Ich vermute mal, er hat schon sehr früh in seiner Jugend angefangen, zu trainieren, sodass sein Körper direkt in diese dominante Form gewachsen ist. Es sieht natürlich an ihm aus.

Herr Jesus! Und wann genau sind mir diese Dinge bitte aufgefallen?

Mit zusammengebissenen Zähnen drücke ich die Stange mit den vierzig Kilo noch schneller und aggressiver, bis meine Oberarme brennen und der Schweiß auf meiner Stirn perlt.

Endlich klingelt es an der Tür. Ich hake die Stange ein, wische mir mit dem Hemd das Gesicht ab und jogge durchs Apartment. Unnötig zu fragen oder durch den Türspion zu schauen, um zu wissen, wer draußen steht. Es ist zehn Uhr, auf die Minute genau. Tanja ist immer pünktlich. Und sie nimmt auch nie den privaten Aufzug hier herauf, der direkt in meine Wohnung mündet.

Ich öffne die Tür, packe sie am Arm und ziehe sie ohne ein Wort der Begrüßung herein. Ihre braunen Rehaugen werden noch mal um ein ganzes Stück größer, als sie in mein Apartment stolpert. „Ist auch schön, dich zu sehen", meckert sie, presst aber bei meinem finsteren Blick sofort ihre Lippen zusammen und schweigt. Ich lasse sie aus ihren Sandalen steigen, die zu ihrem kurzen weißen Sommerkleid passen, dann schnappe ich sie am Handgelenk und zerre sie nach oben, direkt ins Spielzimmer. Noch auf der Türschwelle ziehe ich mir den Gürtel aus der Hose, winde ihr beide Arme auf den Rücken und fessle sie grob damit. Das entlockt ihr ein kleines, überraschtes Ächzen. Geht mir am Arsch vorbei. Stattdessen schubse ich sie vorwärts, sodass sie auf das violett bezogene Bett fällt. Dann knalle ich die Tür zu, ziehe mein T-Shirt über den Kopf und schleudere es ihr entgegen.

Samstagabend liege ich auf der Couch, einen Arm hinter meinem Kopf abgewinkelt, die andere Hand auf dem Bauch. Tanja ist vor zwei Stunden gegangen. Irgendwann am Nachmittag hat sie mir ihr Safeword ins Gesicht geplärrt, weil sie morgen beim Family-Brunch noch in der Lage sein will, auf ihrem Arsch zu sitzen.

Zum ersten Mal in vierundzwanzig Stunden wieder ruhig und in der Lage, normal zu atmen, genieße ich das Gefühl, absolut ausgepowert zu sein. Endlich wieder alles unter Kontrolle zu haben. Immer noch zu wissen, wer ich bin.

Nur, dass da ein kleiner Stapel Zettel auf dem Couchtisch liegt, der mich schon verhöhnt, seit ich meinen matschen Körper hierhingepflanzt habe. Der Schlüssel zu Sebastians Honda liegt darauf. Mein Blick hängt skeptisch daran, während mein aufgestelltes Bein in einem einschläfernden Takt hin und her schwenkt. Die Lippen zu einem Strich gepresst, zwinge ich mich dazu, aus dem Fenster zu sehen, anstatt dauernd nur auf den Tisch. Aber die Sachen verspotten mich weiter in meinem Augenwinkel. Knurrend funkle ich sie an. Ach, scheiß drauf! Ich raffe mich von der Couch hoch, schnappe mir den Chip-Schlüssel, schlüpfe in meine Turnschuhe und mache mich auf den Weg runter in die Tiefgarage.

Sobald ich aus dem Lift steige, bleibt mein Blick an dem leeren Parkplatz 37 hängen, da wo jetzt eigentlich mein Baby schlafen sollte. Mir blutet das Herz. Mit einem tiefen, fokussierten Atemzug gehe ich auf den weißen Sportwagen in Lücke 37A zu und drücke den Knopf, um die Türen zu entriegeln. Als ich die Fahrertür öffne, knallt mir eine Woge von Sebastians ganz persönlicher Duftnote aus exotischem Duschgel und Sonnenstrahlen mit einem Hauch Marlboro ins Gesicht. Ich bereue jetzt schon, dass ich meinen gemütlichen Platz auf der Couch für *das* hier aufgegeben habe. Es ist eine verfluchte Folter und reibt nur Salz in die Wunde, die meine Corvette hinterlassen hat.

Dennoch lasse ich mich in den Fahrersitz gleiten und lege beide Hände aufs Steuer. Sebastian mag zwar etwas bulliger sein als ich, aber wir sind fast gleich groß. Der Schalensitz ist perfekt für mich eingestellt. Nachdem meine Finger in einer sanften Begrüßung einmal um das ganze Lenkrad gestreichelt haben, wandert mein Blick über das Armaturenbrett und durch das Wageninnere. Dunkelgraues Leder und Chrom. Sieht gut aus.

„Na schön ... Dann zeig mal, woraus du gemacht bist, Kleines", murmle ich, ziehe die Tür zu und starte den Motor. Der Honda schnurrt nett auf. Was aber meine Aufmerksamkeit sofort auf sich zieht, ist, dass dieses Armaturenbrett keinen echten Tacho hinter dem Steuer hat. Gott verdammt! Alles leuchtet blau und weiß auf und vermittelt das Gefühl, als würde man ein virtuelles Auto fahren. Wer steht denn auf diesen Scheiß? Ich will eine richtige Nadel, die nach oben zuckt, wenn ich aufs Gaspedal trete.

Bereits jetzt frustriert, schlüpfe ich in den H-Gurt, der dem der Corvette ziemlich ähnlich ist — dem Himmel sei Dank — und schließe ihn mit einem geschmeidigen Klick vor meinem Bauch. Der Rück- und die beiden Seitenspiegel brauchen nur eine minimale Einstellungsänderung, ehe ich rückwärts ausparke und das Baby mal ein bisschen Londoner Luft schnappen lasse.

Ich nehme die Straße direkt aus der Stadt raus, um die Talente des Hondas richtig testen zu können. Um diese Zeit herrscht wenig Verkehr, der mich ausbremsen würde, darum erreiche ich schon bald die äußere Stadtautobahn und kann den kleinen Flitzer die M25 entlang jagen. Der Schaltweg durch die fünf Gänge funktioniert mühelos, aber dafür nerven mich die Fehlzündungen, wenn er untertourig gefahren wird, fast genauso sehr wie der Geruch hier drin. Sebastian muss die Motorsteuerung mit einer speziellen Software aktualisiert haben, um die Einspritzung zu verändern. Flammen, die aus dem Auspuff schießen, sind *so* letztes Jahrzehnt. Ich schnaube. Angeber.

Auf Knopfdruck rollen die beiden vorderen Fensterscheiben runter. Der kühle Fahrtwind wirbelt durch das Innere und tut verflucht gut, weil er endlich den

Geruch hier drinnen vertreibt und mir den Kopf freibläst, mitsamt den Erinnerungen daran, wie sich Sebastians Duft gestern in meine Gedanken gebrannt hat, als wir —

Scheiße, nein. Anstatt schon wieder diese Spirale abwärts zu rutschen, drehe ich die Musik lauter, die bisher so leise im Hintergrund gespielt hat, dass ich sie seit dem Einsteigen kaum bemerkt habe. *Euphoria* von Loreen läuft gerade. Neben dem Bordcomputer steckt ein kleiner USB-Stick, der anscheinend mit Sebastians persönlicher Playlist bestückt ist. Ein zynisches Grinsen zieht über meine Lippen. Tja, dann kann er ja inzwischen ein bisschen Dubstep genießen, bis wir uns wiedersehen und den Tausch zu Ende bringen.

Ich fliege die beinahe leere Autobahn entlang und nehme zwanzig Minuten später die Ausfahrt rauf ins Gelände, um zu testen, ob der Wagen auf kurvigeren Strecken auch noch so griffig ist. Und genau da werfe ich das Handtuch.

Obwohl der tiefergelegte Wagen eine schnittige Figur auf dem Asphalt macht, fehlen den Reifen ein paar Zentimeter an Breite, um denselben Fahrkomfort zu bieten, den ich von meinem Baby gewohnt bin. Die Corvette klebt einwandfrei auf der Straße und ruckelt selbst in starken Kurven keinen Millimeter. Außer, ich erlaube es ihr. Was Sebastians Wagen angeht, so ist der aber eine verfluchte Driftmaschine. Schon in der zweiten Biegung bockt das

Mistding und ich habe Schwierigkeiten, ihn auf der Straße zu halten und nicht raus ins Bankett zu rutschen.

Nein danke. Nicht mein Ding.

Auf der nächsten Geraden lege ich eine Vollbremsung hin, dass mein Körper in die Gurte gepresst wird, und reiße den Wagen in einer 180-Grad-Drehung in der Mitte der leeren Straße herum. Dann trete ich ihn in der besten Zeit nach Hause, die der kleine Scheißer hinbekommt. Meiner hätte ihn um mindestens drei Minuten geschlagen. Hah.

Zurück in meinem Apartment gehe ich schnurstracks ins Arbeitszimmer und fahre den Computer hoch. Den Tausch nächste Woche abschließen? Der kann mich mal! Ich werde dieses unkontrollierbare kleine Luder sicher nicht behalten. Auf gar keinen Fall.

Ich öffne den Browser und tippe *Sebastian Rhyse, London* ins Suchfeld. Mal sehen, was Google zu bieten hat.

Es spuckt erst mal einen Haufen Bilder aus, die offenbar alle *nicht* Sebastian sind. Dann werden noch ein paar Informationen über Typen angezeigt, bei denen das *E* im Nachnamen fehlt. Okay, Sackgasse. Was jetzt? Die Augen zu Schlitzen verengt, logge ich mich in meinen Facebook Account ein, den ich so gut wie nie nutze. Ich bin mehr der Instagram Typ, aber der Akku meines Handys ist während der Ausfahrt verreckt und ich hatte noch keine Zeit, das Telefon anzustecken.

Auf Facebook gibt es dafür eine Million Sebastian

Rhyse', allerdings sind die meisten davon in den USA zu Hause. Nur drei leben in England und nur einer davon hat als Profilbild einen weißen Honda. „Bingo." Ich lasse das *B* auf meinen Lippen poppen.

Sebastian hat seinen Account auf privat gestellt. Größtenteils. Im Infobereich steht jedoch, dass er aus Eastbourne kommt, sogar dort zur Uni ging und hinterher eine ganze Weile bei einer Softwarefirma im Süden als Programmierer angestellt war. Seit ein paar Monaten arbeitet er als Trainer in einem örtlichen Fitnesscenter, nicht weit von hier. Außerdem hat er am 7. Januar Geburtstag.

Ein Klick auf den Link des Fitnessstudios leitet mich weiter auf die Webseite, wo es eine Liste der Trainer gibt, sogar mit deren Arbeitszeiten und Firmen-Emails. Einen Moment lang ziehe ich in Erwägung, ihm direkt zu schreiben und mitzuteilen, dass seine Scheißkarre doch bitte in meiner Garage abgeholt werden möchte. Die Schlüssel zur Corvette kann er dann einfach stecken lassen. Allerdings sieht es so aus, als ob er morgen von zehn bis fünf arbeiten muss. Ein vertrautes kühles Grinsen schleicht sich in mein Gesicht. Ich denke, ich werde ihm morgen lieber einen Besuch abstatten.

Ich notiere mir den Namen und die Adresse des Fitnesscenters auf einem Post-It, schalte dann den Computer ab und gehe rauf ins Bett. Es ist schon fast ein

Uhr morgens. Zeit, ein bisschen Schlaf nachzuholen.

KAPITEL 4

Sebastian

„Siebenundvierzig. Achtundvierzig. Komm schon, noch zwei. Neunundvierzig. Uuuuunnnd ...“ Geblendet vom grellen Sonnenlicht, das hinter mir durchs Fenster hereinfällt, kämpft sich Christina ein letztes Mal hoch. Schweißtropfen überziehen ihr Gesicht, ihre Arme, ihren üppigen Busen. Einfach alles. „Großartig!“, muntere ich sie auf, wobei ich immer noch ihre Knöchel festhalte, nachdem sie ihre Sit-ups beendet hat. Ihre schwarzen Hotpants und das Tank-Top weisen Schwitzstellen auf, die ganz automatisch die Aufmerksamkeit auf sich ziehen.

Ich bemühe mich, nicht auf diese Stellen zu glotzen, denn ich nehme meinen Job hier im *Podium Fitness* sehr ernst. Mädels beim Training abzuchecken ist absolut unprofessionell. Wenn sie nach ihrem Workout für ein kurzes Schwätzchen an der Rezeption stehen bleiben, frisch geduscht und umgezogen ... tja, dann ist das eine andere Geschichte.

„Jetzt noch zehn Minuten leichtes Joggen auf dem Laufband", weise ich Christina an, als ich mich aus der Hocke aufrichte und ihr eine Hand entgegenstrecke, um sie von der lindgrünen Matte in der Mitte des großen Fitnessraums hochzuziehen. „Und hinterher fünf Minuten gehen, zur Abkühlung. Danach kannst du noch ein bisschen dehnen, bevor du unter die Dusche springst."

Mit einem breiten Grinsen richtet sich die Studentin Anfang zwanzig ihren blonden Pferdeschwanz und läuft dann nach hinten, wo die ganzen Hightech Trainingsgeräte an der Wand aufgereiht sind. Nur eine Handvoll davon ist gerade in Verwendung, da es noch relativ früh ist.

Ich liebe es sonntagmorgens hier im Fitness Center. Alles ist so viel ruhiger als an den Nachmittagen und Abenden unter der Woche. Dadurch habe ich auch viel mehr Zeit für jeden Einzelnen, wenn sie um Unterstützung bei ihren Übungen fragen.

Der Schweiß von Christinas Knöcheln klebt noch an meinen Händen. Ich wische sie mir an den dunkelgrauen

Shorts ab und gehe zurück zum Empfangspult, wo noch ein ganzer Stapel neu-ausgestellter Mitgliedsausweise darauf wartet, unterschrieben und abgestempelt zu werden, ehe sie ihre Besitzer beim nächsten Besuch abholen können. Ich packe den Drehstuhl, den ich vorhin nach hinten geschoben habe, als Christina nach mir gerufen hat, an der Armlehne und ziehe ihn zurück an den Schreibtisch. Gerade als ich mich setzen will, erstarre ich aber zu Eis und blicke ins Gesicht eines platinblonden Isländers.

Raffael sitzt gegenüber von mir auf der tiefen, braunen Ledercouch in der sonnendurchfluteten Wartelounge, die Ärmel seines weißen Hoodies über die Unterarme hochgeschoben und die Finger auf dem Bauch verschränkt. Seine langen Beine in hellblauen Jeans sind weit auseinandergestellt. Obwohl eine türkis-verspiegelte Sonnenbrille seine Augen verdeckt, fährt mir sein kalter Blick wie Nadelstiche durch den ganzen Körper.

Langsam rutschen meine Finger von der Armlehne des Stuhls und ich richte mich wieder auf. „Hi." Das ist eine ziemliche Überraschung — nicht, ihn schon früher wiederzusehen als erwartet, sondern dass er rausgefunden hat, *wo genau* er mich finden kann. Menschen, die sich Mühe machen, haben mich immer schon beeindruckt. Ich greife nach meiner Uhr auf der Tischablage und schnalle sie mir ums rechte Handgelenk, wobei ich murmle: „Ich dachte, wir wollten uns erst nächste Woche treffen?" Als

Nächstes lege ich mir das Lederband, das ich aus Neuseeland habe, um den linken Arm.

„Ich will mein Auto wiederhaben." Sein Ton ist genauso unterkühlt wie sein Ausdruck. Abgesehen davon zuckt er mit keinem Muskel. Fuck, er ist heiß, wenn er den Eisberg spielt.

„Und ich würde meiner kleinen Nichte zu ihrem dritten Geburtstag gerne ein Einhorn fangen." Mit einem zynischen Grinsen neige ich den Kopf. „Wird nicht passieren."

Nach einem kurzen Lecken zieht Raffael seine Unterlippe zwischen die Zähne. „Was willst du mit der Stingray? Sie ist doch gar nicht dein Stil."

Klar fehlt mir der Honda gewaltig, seit ich ihn ein letztes Mal zum Abschied in seiner Tiefgarage in Mayfair gestreichelt habe, aber die Corvette ist erstklassig. Extravaganter Komfort, fantastischer Grip auf der Straße und zweifellos ein paar Tausend mehr wert als mein vorheriger Wagen. „Ich stehe auf den Geruch darin", necke ich ihn, wobei mein Lächeln nun doch etwas wärmer wird. „Außen eine heiße Lady und innen nur isländisches Eis." Ich fische eine kleine Packung Gummibärchen mit dem Studio-Logo aus dem Korb, der auf der Theke steht, und werfe es Raffael durch die Lounge zu. „Aber hier hast du ein Trostpflaster."

Er fängt das lila Päckchen mit einer Hand. Seine

Gesichtszüge sind dabei immer noch in Titan gemeißelt. Dann steht er langsam von der Couch auf und kommt näher. „Lass sie mich zurückgewinnen."

„Und dabei riskieren, dass ich beide verliere?" Ich ziehe eine sarkastische Grimasse. „Mmm, heute nicht."

Vom Tisch greife ich mir den gelben Kugelschreiber, der auf den noch unsignierten Ausweiskarten liegt, und lasse ihn durch meine Finger tanzen. „Aber du solltest neuen Dingen von Zeit zu Zeit wirklich mal eine Chance geben, Raff. Die Vorzüge könnten dich überraschen." Und mit einem Gesicht und Körper wie seinem gibt es gerade keinen anderen Kerl auf der Welt, den ich lieber vögeln würde. Er ist die pure Versuchung.

Von der anderen Seite der Theke aus und mit den Gummibärchen fest in der Faust, starrt Raffael mich durch seine verspiegelte Sonnenbrille an und wägt dabei seine nächsten Worte genauso bedacht ab wie ich vorhin meine Anspielung. „Ich bin einfach kein Honda-Typ."

Ja, das wollte er mir schon Freitagnacht in seinem Spielzimmer weismachen. Und kurz darauf hatte er eine Latte.

„Was ist falsch daran?"

Er verschränkt die Arme auf der Theke. „Dein Wagen schießt Flammen."

Ich lasse den Stift fallen, stütze mich mit den Händen auf den Schreibtisch und lehne mich nach vorn, um ihn mit einem intensiven Blick durch die türkisenen Gläser nur wenige Zentimeter von meinem Gesicht entfernt zu fixieren. „Weil er Feuer im Arsch hat", raune ich ihm entgegen.

Raff lässt für einen Moment ein cooles, provokatives Lächeln über seine Lippen ziehen. „Ja, ich steh nur nicht so auf brennende Fürze, tut mir leid."

Hat er überhaupt eine Ahnung, wie sexy er aussieht, wenn er lächelt, selbst wenn er Bullshit wie das eben raushaut, nur um fernzuhalten, was er noch nicht probiert hat? Ich bezweifle es.

Das Telefon auf dem Schreibtisch fängt zu klingeln an, aber ich bin noch nicht bereit, mich aus dem Umfeld seines leichten Dufts von fallendem Schnee zurückzuziehen, den seine Haut anscheinend jede Minute des Tages abgibt. Zwei weitere Klingeln lang sind wir beide in diesem Moment gefangen. Bis er zum Telefon nickt. „Es läutet. Willst du nicht rangehen?"

„Und dein Schwanz sehnt sich nach dem Unbekannten. Was willst *du* dafür tun?"

Ein weiterer Moment verstreicht. Letztendlich presst Raffael aber die Lippen irgendwie schon fast schicksalsergeben zu einem blassen Strich aufeinander und seufzt dabei tief. „Du kennst mich doch überhaupt nicht, Sebastian."

Da seine Stimme jegliches Spötteln verloren hat, werde

auch ich ernst. „Dann gib mir die Möglichkeit, das zu ändern.“

Er schüttelt nur langsam den Kopf. Zu schade.

Das Telefon hört auf zu klingeln. Stöhnend drücke ich mich vom Tisch weg. „Na jedenfalls denke ich – nachdem ich gesehen habe, wie du lebst – dass du sicher genug Kohle schiebst, um dir eine neue Corvette leisten zu können, oder?“

Den Blick immer noch unbeirrt auf mich gerichtet, löst er seine verschränkten Arme und fängt an, mit dem Gummibären-Päckchen auf dem Tresen zu spielen. „Ich habe sogar genug Kohle, um mir eine neue Corvette *und* einen neuen Honda zu kaufen ... nachdem ich deinen in die Schrottpresse gesteckt habe.“ Es ist eine ziemliche Überraschung, als er die Sonnenbrille von seiner Nase zieht und mir direkt in die Augen sieht. „Aber ich bin mir sicher, dass du das nicht möchtest.“

Mein Baby verschrotten? Meine Augenbrauen bulldozern bei dem Stich in meinem Herzen nach unten. Jetzt bin ich dran mit Kopfschütteln.

„Ich weiß, dass *du* weißt, wie es ist, wenn man ein Auto über Monate aufmotzt, bis man total verliebt darin ist“, argumentiert er mit immer noch leiser Stimme, die einen kaum hörbaren Hauch von Sentimentalität trägt. Aber sie ist da. Und ich verstehe nur zu gut, was er meint.

Trotzdem ist es nicht mein Stil, einfach so auf einen

Deal zu pfeifen. Darum stoße ich erst einmal lange den Atem aus und kräusle dabei die Lippen, während ich für einen Moment überlege. Es gibt da etwas, das ich wirklich, wirklich will, seit ich letzten Freitag in seiner Wohnung war. Vielleicht können wir uns ja auf einen neuen Deal einigen, um den alten abzulösen. „Ich tausche unter einer Voraussetzung mit dir zurück", stelle ich klar, ohne dabei auch nur zu blinzeln.

„Was willst du?" Leise Hoffnung durchzieht seine Stimme, obwohl er es besser weiß, als sie so schnell aufsteigen zu lassen – vor allem, da er die Bedingungen noch nicht kennt.

„Zwei Stunden in deinem Playroom", fordere ich.

Raff massiert die Stelle zwischen seinen Augen. „Seb—"

„Mit deiner Freundin Tanja."

Sein schockierter Blick schnellt zu mir hoch.

„Ich fand das Spielzeug, mit dem ihr euch so die Zeit vertreibt, ziemlich spannend. Anders als du probiere ich gerne mal neue Sachen aus." Ich zucke beiläufig mit einer Schulter. „Und da ihr Jungs das Mädchen offenbar sowieso hin- und herreicht, nehme ich an, dass sie auch offen für neue Bekanntschaften ist."

„Ich ... Das ist nicht meine Entscheidung." Verwirrung und Unbehagen ziehen tiefe Furchen in seine Stirn. „Sie kennt dich ja nicht einmal."

„Sie braucht keine Angst zu haben. Du wirst die ganze

Zeit dabei sein und auf sie aufpassen.“

Das macht ihn nur noch nervöser, wenn man nach den schmalen Schlitzen geht, zu denen seine Augen gerade mutiert sind. „Tanja wählt ihre Partner normalerweise selbst.“

„Tja dann ...“ Ich ziehe eine weiße Visitenkarte des Studios vom Stapel auf dem Tresen und schreibe meine Telefonnummer auf die Rückseite. „...schätze ich, hast du noch ein bisschen Überredungsarbeit vor dir.“ Grinsend schiebe ich ihm die Karte über die Theke zu. „Melde dich, wenn sie einverstanden ist.“

Raffael starrt mich an, als hätte ich gerade den Weihnachtsmann überfahren. In seinem Kiefer zuckt ein Muskel. Ich schwöre bei Gott, der Kerl kann die Temperatur in einem Raum nur mit einem Blick senken.

Und es ist mir scheißegal.

Er schlägt eine Hand auf die Visitenkarte und zieht sie vom Tresen, um sie in die hintere Hosentasche seiner ausgewaschenen Jeans zu stecken. Es gibt kein Lächeln zum Abschied. Kein *Bis dann.* Nur die schwingende Tür hinter seinem sexy Arsch, als er das Fitnesscenter verlässt.

Einen Moment lang sehe ich ihm noch nach. Dann drehe ich mich um und grinse Christina an, die gerade um die Ecke kommt. „Fertig für heute?“

*

Das flackernde Licht aus dem Fernseher erhellt mein Wohnzimmer in unregelmäßigen Blitzen. Ich lümmle auf dem Sofa, die Füße auf dem Couchtisch gestapelt, und sehe mir einen Krimi an, während ich ein Truthahn-Sandwich mit Speck, Salat und Mayo verdrücke.

Ein leises Piepsen von meinem Handy lenkt meine Aufmerksamkeit kurz vom Bildschirm ab. Ich lege das Sandwich zurück auf den Teller und lecke mir die Finger, dann wische ich sie an meiner Jeans ab, bevor ich das Display mit meinem Fingerprint entsperre und die WhatsApp Nachricht von unbekannter Nummer öffne.

Morgen Abend. 18:00 Uhr.

Ein verblüfftes Lächeln zieht über mein Gesicht. Na, das ging ja schnell. Ich speichere die Nummer unter *Iceland*, werfe dann das Handy neben mich auf die Couch und esse mein Sandwich fertig.

KAPITEL 5

Raffael

Die beiden Häkchen neben meiner Nachricht an Sebastian werden blau. Da keine Antwort von ihm kommt, ist er vermutlich einverstanden. Als das Display langsam schwarz wird, lasse ich das Handy neben meinem Oberschenkel auf die Sitzfläche fallen, doch ich habe ein sehr ungutes Gefühl deswegen. Von der anderen Seite der Couch in meinem Wohnzimmer aus sieht mich Felix eindringlich an. Es geht ihm wohl nicht viel besser als mir. „Lass sie ja keine Sekunde mit dem Kerl allein, hast du verstanden?", warnt er mich.

Natürlich. Ich nicke. „Ich passe schon auf sie auf.“ Wenn Sebastian auch nur eine falsche Bewegung macht, breche ich ihm jeden verdammten Knochen im Leib.

Die Einzige, der diese hirnrissige Idee tatsächlich zu gefallen scheint, ist Tanja. Sie sitzt auf Felix' Schoß und genießt dabei grinsend, wie seine Finger unter ihrem dunkelgrauen Sweatshirt ihren Rücken rauf und runter streicheln. „Ihr beide macht euch viel zu viele Gedanken“, zieht sie uns auf. „Seit wann macht ihr euch denn so ins Hemd, nur weil ich ein bisschen Fetisch-Spaß mit einem anderen Kerl habe? Das ist nicht mein erstes Mal, wisst ihr? Und Sebastian kommt mir auch nicht wie ein Unmensch vor.“

Weil sie ihn nicht in meinem Spielzimmer erlebt hat, als er das letzte Mal hier war. Ich schnaube genervt. Die ganze Geschichte jener Nacht wird aber für immer mein Geheimnis bleiben.

„Er kennt die Regeln dieser Welt nicht“, brumme ich und presse dann die Lippen so fest aufeinander, dass die Region um meinen Mund wohl gerade aussieht, als hätte ich eine Zitrone gelutscht.

„Ich bin mir sicher, er wird sich schon zurechtfinden.“ Tanja kommt über die Couch herangekrabbelt und kuschelt sich an meine Seite. Ich lege einen Arm um ihre Schultern – zu ihrem Komfort, nicht meinem. Sie legt ihren Kopf an meine Brust und ich weiß genau, wohin ihr Blick in diesem

Moment wandert. Zu dem verstörend abstrakten Bild an der Wand gegenüber, das wir alle drei gemalt und hinterher signiert haben.

Ich bin kein guter Maler, das ist Tanjas großes Talent. Aber vor zwei Jahren hat sie mal diese riesige weiße Leinwand und einen ganzen Rucksack voller Öl- und Acrylfarben hierhergebracht und Felix und mich dann gezwungen, irgendwelchen künstlerischen Bullshit mit ihr auf das Ding zu pappen. Hätte sie mir die Wahl gelassen, hätte ich meinen Bleistift und ein Lineal geholt und ihr damit ein perfektes Haus für ihre kaum erkennbaren Elfen und Feen konstruiert. Doch sie meinte nur: „Lass die Farbe fließen."

Farbe sollte nicht einfach nur *fließen*, Herrgott noch mal. Sie sollte präzise innerhalb der Linien geometrischer Formen und Flächen angewandt werden. Aber nicht mit Tanja. Sie sagt uns immer wieder, dass ihre Gemälde so frei sein müssen wie sie selbst. Sogar nach all der Zeit versuche ich immer noch eine gewisse Ordnung in dem ganzen Chaos aus Klecksen und Schmierereien zu finden. Der Regenbogen, den Felix in die obere rechte Ecke gemalt hat, hilft ein wenig dabei und bewahrt mich vor Krämpfen in meinem Hirn, wann immer ich das vermeintliche Kunstwerk ansehe. Sobald wir jedoch fertig waren und unsere Namen in einem Dreieck ganz unten hingepflanzt haben, stand für mich fest, dass ich dieses Gemälde behalten und für immer als Erinnerung an unsere Freundschaft an meiner Wand hängen lassen würde.

„Weißt du, wenn man deinen Teil von der Tür aus betrachtet, sieht es irgendwie aus wie ein großer Kürbis“, sinnt Tanja vor sich hin. „Aber von hier aus gesehen, erinnert es mich immer an eine wunderschöne Rosenblüte.“

„Weil es rot ist“, necke ich sie trocken.

„Nein, du Dummie. Weil es die dunkleren Flecken genau an den richtigen Stellen hat.“

Ich winde eine ihrer ebenholzschwarzen Haarsträhnen um meinen Finger und zupfe zweimal leicht daran. „Eigentlich sollte es ein Auto sein, das alle deine Feen umfährt.“

Lachend setzt Tanja sich wieder auf und boxt mich auf den Oberarm. „Du bist so bescheuert, Raffael Björnsson!“

Ich steh drauf, wenn sie versucht, die Aussprache meines Nachnamens richtig hinzubekommen – und kläglich dabei scheitert. *„Ég elska þig líka“*, antworte ich mit einem schiefen Grinsen und sage ihr dabei in meiner Muttersprache, wie lieb ich sie habe. Dann schiebe ich sie von mir runter und erhebe mich von der Couch.

Nachdem ich die Teller gestapelt habe, von denen wir unsere Pizza gegessen haben, trage ich sie in die Küche und stelle sie in den Geschirrspüler. Felix bringt mir die drei Gläser hinterher und packt sie zu dem Haufen. „Will er wirklich, dass du im selben Zimmer bist, wenn er mit ihr rummacht?", fragt er mich leise und verzieht dabei besorgt das Gesicht. „Das ist doch irgendwie krank, oder? Zu erwarten, dass du ihnen beim Vögeln zusiehst."

„Voll", murmle ich und spiegle seine Miene. Andererseits habe ich meinen besten Freunden auch noch nicht erzählt, dass Sebastian ganz offensichtlich bi ist und vermutlich einfach einen Extrakick dadurch bekommt, wenn ich danebenstehe … wie ein Spanner. Wie auch immer, ich traue dem Kerl nicht und es ist gut, dass Tanja nicht mit ihm allein in einem Raum voller Handschellen und Peitschen sein wird.

Ich folge Felix ins Foyer, wo Tanja sich gerade die Sandalen zumacht, und lehne mich an die Wand, während beide ihre Jacken anziehen. Tanja kommt noch mal zu mir und drückt mir einen Gutenachtkuss auf die Wange. Felix schlägt nur seine Hand in meine und hält Tanja dann die Tür auf. Ich höre noch, wie er sie auf dem Weg nach draußen fragt: „Schläfst du heute Nacht bei mir?"

Ihr fröhliches „Hm, okay", lässt darauf schließen, dass die beiden später noch ihren ganz eigenen Spaß haben werden, und ich muss deshalb schmunzeln. Das Höchste an Freude, was ich für den Rest der Nacht noch haben werde, ist vermutlich, mir Bilder des Szenarios auszumalen, das morgen in meinem Spielzimmer abgehen wird. Grundgütiger! Ein kalter Schauer jagt mir über den Rücken.

*

Montagabend sehe ich gefühlt siebenundzwanzigtausendmal auf die Uhr. Es ist inzwischen zehn nach sechs. Tanja meinte zwar, sie kann nicht viel früher als vereinbart kommen, aber dass sie sich verspätet, überrascht mich. Ich schicke ihre eine Nachricht, um zu fragen, wo sie bleibt. Ihre Antwort verwirrt mich nur noch mehr.

Wir sind bald da. Mach dir keine Sorgen. Ich erkläre dir alles später.

Mit schmalen Augen lasse ich mich auf die Couch fallen und schicke ihr noch eine weitere WhatsApp: *Wer ist wir?*

Sebastian und ich.

Ach, wirklich? Na, ist das nicht nett? Zähneknirschend werfe ich das Handy zur Seite und starte die PS4, um ein wenig *Fortnite* zu spielen. Ganz bestimmt werde ich jetzt keinen Canyon in den Fußboden laufen, während ich darauf warte, dass die beiden Turteltauben hier auftauchen und es dann in meinem Apartment miteinander treiben.

Zombies abballern hilft, meinen Frust abzubauen. Ein wenig. Leo, Thomas, Carol und George, die Leute aus meinem Team, sind spitze darin, mich zum Lachen zu bringen. Ich habe keine Ahnung, wie sie alle aussehen, weil ich ihre Stimmen immer nur über das Gaming-Headset höre, aber sie sind gut drauf und für mich beinahe schon so etwas wie eine zweite Familie, wann immer ich online gehe.

Na ja, wie eine dritte Familie vielleicht, gleich nach meinen Blutsverwandten und dann natürlich Tanja und Felix.

Ich verliere die Zeit total aus den Augen, darum zucke ich erschrocken hoch, als es um Viertel nach acht plötzlich an der Tür klingelt. Nach einem kurzen Abschied von meinen virtuellen Freunden schalte ich die PlayStation ab und gehe zur Tür. Sebastians und Tanjas entspanntes Lachen dringt bereits herein, noch ehe ich aufmache. Der saure Geschmack, der mir dabei die Speiseröhre hochkommt, ist höchst unangenehm. Aber auch nur einen Moment lang zu glauben, es könnte nicht noch schlimmer kommen, war ein böser Fehler.

Als ich die beiden letztendlich hereinbitte, hat Sebastian seinen Arm locker um Tanjas Nacken gelegt, die wiederum ihre Handtasche an ihre Brust drückt und zu ihm auf lächelt. Ich begrüße sie mit einer hochgezogenen Augenbraue und kralle meine Finger fest in die Tür, während ich sie für die beiden aufhalte.

„Hallo, Kleiner", grinst Sebastian und tätschelt dabei meine Wange, als er, immer noch mit Tanja an seiner Seite, hereinkommt.

Ich schlage seine Hand mit unmissverständlicher Wucht weg und knurre Tanja an. „Wo wart ihr?"

„Nur in —" Den Rest ihrer Worte verschluckt Sebastians Hand, die er auf ihren Mund drückt, und letztendlich kichert sie nur noch. Meine Augenbrauen knicken zu einem tiefen V zusammen, als ich die Tür zuschlage.

Sebastian lehnt sich so nahe an ihr Gesicht, dass seine Nase über ihre Wange streift, doch seine funkelnden Kastanienaugen sind dabei einzig auf mich allein gerichtet. „Denkst du, die Schneeflocke ist eifersüchtig?", schnurrt er an ihrer Haut.

Denkt *er*, dass das witzig ist? „Ja, geh doch und fick dich."

Tanja sollte eigentlich wissen, wie sehr ich es hasse, wenn jemand zu spät kommt. Sie hat ja nur Glück, dass es heute nicht *meine* Aufgabe ist, sie oben zu disziplinieren, sonst würde sie später mit einem Po so rot wie ein Stoppschild und dezenten Bissspuren überall an ihrem Körper nach Hause gehen.

Sebastian hängt seine Lederjacke an den Haken und hilft Tanja aus ihrem langen schwarzen Mantel. Den trägt sie heute offenbar nur, um ihr heißes Schulmädchenoutfit darunter zu verbergen — ein blau-karierter Rock so lang wie ein Lineal und ein einfaches schwarzes Bandeau-Top, um ihre Brüste zu bedecken. Als sie sich bückt, um den Reißverschluss ihrer kniehohen Stiefel an der Innenseite runterzuziehen, hält er sie mit einem ordentlichen Klaps auf ihren Hintern davon ab.

Tanja macht einen quietschenden Satz in meine Arme und dreht sich dann mit einem Grinsen zu ihm um. Dieses

Mal sieht er tatsächlich sie an, als er fragt: „Macht es dir etwas aus, sie noch eine Weile anzulassen? Ich packe meine Geschenke gerne selbst aus."

Gooott ... Ich verdrehe die Augen und richte mir dann das weiße Hemd, das Tanja soeben zerknittert hat, als sie mir entgegengesprungen ist. „Können wir dann ...?", brumme ich und schwenke einen Arm in einer zynischen Geste in Richtung Treppe.

Sebastian nimmt Tanjas Hand, um sie wieder an sich zu ziehen, dann schlingt er beide Arme um sie, hebt sie rasch hoch und dreht sich zusammen mit ihr zu mir zurück. Über ihre Schulter hinweg neckt er mich mit einem fiesen Funkeln in den Augen. „So ungeduldig, uns spielen zu sehen?"

„Ich will es nur hinter mich bringen." Als ich an den beiden vorbeigehe, remple ich seine Schulter so hart mit meiner, dass er Tanja automatisch loslässt. „Und endlich mein Auto zurück", knurre ich und gehe voraus nach oben. Nachdem ich die Tür zum Playroom aufgestoßen habe, lasse ich Sebastian den Vortritt und packe Tanja dann am Arm, um sie noch einen Moment aufzuhalten.

Meine tiefgezogenen Augenbrauen reichen aus, damit sie flüstert: „Er hat mich vor deinem Eingang abgefangen und noch auf einen Kaffee eingeladen, damit wir uns erst ein bisschen kennenlernen können, bevor wir herkommen. Und außerdem wollte er sichergehen, dass ich das hier auch wirklich will." Ermutigend drückt sie meine Hand mit sanftem Blick. „Siehst du? Ich habe dir doch gesagt, er ist kein Monster." Dann folgt sie Sebastian ins Zimmer, wo er sich bereits in den breiten, dunklen Ledersessel vor dem Fenster gepflanzt hat und mit hinter dem Kopf verschränkten Händen auf uns beide wartet.

Sein dunkelblaues T-Shirt rutscht dabei gerade so weit hoch, dass es einen dünnen Streifen sonnengebräunter Haut über dem tiefsitzenden Bund seiner Jeans freigibt. Die Art, wie er seine Beine extraweit auseinandergestellt hat, würde jedermanns Aufmerksamkeit auf seinen Schritt ziehen, nicht nur meine. Trotzdem fühle ich mich dabei unwohl, deshalb nutze ich die Gelegenheit, um mich umzudrehen und leise die Tür zu schließen, anstatt sie einfach zuzuschmeißen, wie ich es eigentlich gerne tun würde.

Tanja setzt sich schüchtern aufs Bett und ich lehne mich mit verschränkten Armen neben ihr an den Pfosten. Wir sind wohl beide etwas unsicher, was Sebastian vorhat. Aber anstatt irgendwelcher Avancen an Tanja, bleibt er einfach im Sessel sitzen und grinst uns beide schief an. „Ihr zwei würdet ein süßes Paar abgeben, wisst ihr das?"

Tanja wirft mir einen flüchtigen Blick zu, den ich im Augenwinkel auffange, doch ich ziehe nur eine Augenbraue in Sebastians Richtung hoch.

Er senkt seine Arme, um die Finger vor dem Bauch zu verschränken, und rutscht dabei noch etwas tiefer in den

Sitz. Irgendwas an der Sache muss ihn wohl ziemlich amüsieren, denn er hat sein selbstgefälliges Grinsen noch keine Sekunde abgelegt, seit er meine Wohnung betreten hat.

„Nun denn …", fängt er gemächlich an und nimmt sich genügend Zeit für einen langen Atemzug, ehe er weiterspricht. „Nachdem mir deine süße Freundin in allen Details beschrieben hat – sehr heißen Details, möchte ich festhalten – was ihr normalerweise so in diesem Zimmer hier treibt, tut es mir leid, wenn ich euch enttäusche." Sein warmer, beinahe schon entschuldigender Blick schweift zu Tanja. „Ich steh nicht so auf körperliche Schmerzen und ihr werdet es auch nie erleben, dass ich einem Mädchen wehtue." Er umfasst die Armlehnen und drückt sich daran hoch. Langsam. „Ich verstehe, dass in diesem Raum gewisse Regeln herrschen." Wie ein Tiger auf Beutejagd kommt er auf mich zu, bis er direkt vor mir steht und der Blick in den wenigen Zentimetern zwischen uns Feuer fängt. Seine Stimme wird eine Nuance leiser, dadurch aber umso eindringlicher. „Regeln, die wir heute Nacht mal außer Kraft setzen werden."

Während sich meine Arme lösen, formen meine Lippen bereits das Wort: „*Was?*", doch es kommt kein Ton aus meiner Kehle. Tanja nimmt meine Hand in ihre warmen Finger und drückt kurz zu. Ihr Kopf neigt sich zu mir hoch. Offensichtlich will sie, dass ich Sebastian zumindest fertig zuhöre, bevor ich ihn rauswerfe.

Schön. Ich schließe den Mund wieder. Sebastian hat unsere stille Unterhaltung wohl genau verstanden und nickt zufrieden. Als er sich umdreht und auf den Schrank mit dem vielen Fesselspielzeug in den Laden zuschlendert, fährt er in alarmierend ruhigem Ton fort. „Wir sind alle freiwillig hier, weil Raffael seine Corvette zurückhaben möchte. Ihr wisst, dass ihr jederzeit abbrechen und gehen könnt, wann immer ihr wollt. Niemand muss irgendetwas tun, was er oder sie nicht will."

Auf dem Weg drückt er die Playtaste an der Stereoanlage und die tranceartige Musik, die Tanja und ich gestern laufen hatten, spielt weiter. Er neigt den Kopf mit leichter Anerkennung. Das Lied gefällt ihm wohl. Als Nächstes zieht er die zweite Lade des Mahagoni-Schranks auf und kommt mit einem einfachen Satinband zurück. Um jemandem damit die Augen zu verbinden, ist das Band viel zu dünn, aber um jemandes Hände zu fesseln, ist es perfekt. Dass sein herausfordernder Blick dabei auf mir und nicht auf Tanja ruht, schnellt meinen Herzschlag nach oben, und eine brennende Adrenalinwelle schwappt durch meinen ganzen Körper.

Er umkreist mich so nahe, dass seine Brust dabei meinen Arm streift und ich wieder einmal einen Hauch von Sonnenstrahlen in Südengland einatme. Absolut paralysiert stehe ich da und folge ihm nur mit meinen Augen, bis er hinter mir verschwindet und mir ins Ohr raunt. „Aber wenn du in den nächsten zwei Stunden auch nur daran *denken* solltest, mich zu safeworden, gehört dein Auto mir und du bekommst keine weitere Chance, es dir zurückzuholen. Nie mehr. Verstanden?"

Ich werfe Tanja auf dem Bett einen panischen Blick zu. So wie sie die Hände in ihrem Schoß ringt, ist sie wohl auch nervös – um meinetwillen. Sebastian ist ein Bastard, dem ich nur zu gerne die Fresse einschlagen würde. Aber ich will meinen Wagen zurück! Darum beiße ich die Zähne zusammen und gebe ihm ein kurzes Nicken.

„Sehr schön." Sein warmer Atem verursacht ein Kribbeln an meinem Ohr, ehe er sich zurücklehnt. „Und jetzt ... Deine Hände, Raffael."

Mein schweres Schlucken schallt durch den Raum. Zwei zittrige Atemzüge später schiebe ich meine Arme hinter meinen Rücken.

KAPITEL 6

Sebastian

Während die hypnotische Musik durch den Raum klingt, nehme ich mir genug Zeit, um Raffaels Hände mit dem schwarzen Satinband zu fesseln. Sobald sie mit einem Knoten gesichert sind, den ich jederzeit mit nur einem kurzen Zug an einem Ende lösen kann, streiche ich mit den Fingerspitzen über seine offenen Handflächen. Seine Hände zucken. Oh, so schüchtern.

„Entspann dich. Ich verspreche dir, es wird dir gefallen", raune ich in sein Ohr. Dass sich seine Brust dabei unnatürlich schnell mit seinem Atem hebt und senkt, dessen bin ich mir absolut bewusst.

„Ja, das bezweifle ich“, knurrt er nur. Das macht aber nichts. Er wird es noch früh genug herausfinden.

Mit einem Fuß schiebe ich seine Beine auseinander, bis er leicht gegrätscht vor mir steht. „Tanja, Schätzchen, würdest du mir hier ein wenig zur Hand gehen?“ Meine Stimme halte ich ruhig und kehlig. Sie wird heute Nacht der Schlüssel sein. Diejenige, die ihn sanft in die Sache hineinführt – und diejenige, die ihm die Hölle auf Erden beschert.

Wie das unschuldige Schulmädchen, das sie hier verkörpert, steht sie vom Bett auf und trifft meinen Blick über Raffaels Schulter. „Was soll ich machen?“

Es war eine gute Idee, schon etwas früher hierher zu kommen und vor dem Gebäude auf sie zu warten. Eine kleine Entführung ins Café unten an der Straßenecke hatte uns genug Zeit gegeben, um uns ein wenig zu beschnuppern. So konnte ich auch ein gutes Gefühl für sie bekommen. Sie ist ein freundliches, offenes Mädchen, das weiß, wie man Befehle annimmt und das nicht nur in einem Fickzimmer wie diesem hier. Als sie mir von ihrer Freundschaft mit den beiden Jungs erzählt hat, mit Raff im Besonderen, wusste ich sofort, dass sie genau die Richtige für das ist, was ich vorhatte. Was ich schon von Anfang an wollte.

„Würdest du für deinen Freund auf die Knie gehen?“

Meine Worte sind von einem Lächeln durchzogen, doch den befehlenden Unterton darin überhört sie trotzdem nicht. Ebenso wenig wie Raff. Er zieht scharf den Atem ein, weiß es aber besser, als aufzumucken. „Tu ihm doch mal was richtig Gutes", fordere ich Tanja auf.

Unter einem Blinzeln huscht ihr unsicherer Blick zu Raffaels Gesicht. „*Mach einfach*", formt er still die Worte für sie, doch mir ist klar, wie viel ihn das kostet. Zwei Sekunden später sinkt die Kleine vor ihm auf den Boden und fängt an, seine Jeans aufzuknöpfen. Ich greife um Raffael herum nach ihren Händen und nehme sie vom Reißverschluss weg. Stattdessen führe ich sie um seine Hüften und drücke sie auf die Hinterseite seiner Oberschenkel, direkt unter seinem Arsch. Mit Tanjas Händen als Barriere zwischen meinem Körper und seinem, schiebe ich sie weiter nach oben, spüre ihn, lasse ihm dabei aber immer noch das Gefühl von Sicherheit, dass es tatsächlich nur seine Freundin ist, die ihn hier berührt. Wir haben Zeit. Kein Grund, ihn schon in den ersten drei Minuten zu überfordern.

Raffael hyperventiliert schon beinahe, so schnell geht sein Atem, während er nur starr zum Fenster hinaussieht und sich keinen Zentimeter bewegt. Ein Muskel springt in seinem Kiefer hin und her. Ich lege meine Lippen an die Stelle und spüre das Zucken darunter.

Tanjas Finger folgen spielend meiner Anweisung, als ich

unsere verschlungenen Hände wieder zu Raffaels Vorderseite gleiten lasse. Gemeinsam streicheln wir von seinen äußeren Oberschenkeln nach innen, dann lasse ich ihre Hände nach oben bis zu seinem Schritt wandern. Sogar durch ihre zierlichen Finger hindurch kann ich wahrnehmen, wie die Beule in seinen Jeans härter wird. Er ist dem Spiel, das wir hier treiben, also nicht komplett abgeneigt. Schön zu wissen.

„Vor drei Tagen hast du mir gesagt, dass dieses Zimmer für Experimente gedacht ist", hauche ich an seinen Mundwinkel und sehe ihm dabei von der Seite aus in die Augen. „Warum kämpfst du dann so sehr dagegen an?"

Seine Augen suchen nach mir und er schluckt schwer, als sich sein Blick in meinem festhakt.

Ich lasse Tanjas Hände los und öffne selbst den Reißverschluss seiner Jeans, ziehe die beiden Enden auseinander und gebe seiner Erektion dadurch etwas mehr Spielraum. Es kann ziemlich schmerzhaft werden, in zu engen Hosen gefangen zu sein. Ich muss es wissen, immerhin spüre ich es bereits selbst, doch meinen eigenen Reißverschluss lasse ich für den Moment noch zu.

„Er gehört ganz dir", stöhne ich heiser und schaue dabei zu Tanja runter, die wie das bravste Mädchen in der Klasse perfekt in Position kniet. Als ich zurück in Raffaels Gesicht blicke, sind seine Augen geschlossen und seine Züge hart wie Granit.

Ich setze mich aufs Bett und lehne mich auf die Ellbogen zurück, die Füße immer noch auf dem Boden. Von hier aus beobachte ich, wie Tanja ihre Finger in seine engen schwarzen Boxershorts hakt und sie gerade so weit nach unten zieht, um ihn komplett zu entblößen. Sie lässt ihre Hände, wo sie sind, und legt nur ihren Mund an seine wunderhübsche Erektion. Raffaels Brust bleibt bei der ersten Berührung ihrer Zunge sichtlich regungslos. Oh ja, wir kommen seinen Grenzen langsam näher. Oder zumindest glaubt er das. Weil er keine Ahnung hat, was noch alles vor ihm liegt.

Ich lasse Tanja einige Minuten, um ihn zu lecken und zu reizen, aber dass sie ihre Hände nicht von seinen Hüften wegbewegt, irritiert mich dabei etwas. Irgendwann rutsche ich vom Bett direkt hinter sie in die Hocke und öffne erst einmal die zwei Knöpfe, die ihren Wickelrock zusammenhalten. Diesen nehme ich ihr ab und werfe ihn zur Seite. Als Nächstes fällt ihr Bandeau-Top, um ihre exquisiten Brüste zu entblößen. Sobald sie nur noch in einem dünnen Spitzenslip und den schwarzen Lederstiefeln auf dem Boden kniet, lege ich meine Lippen an ihre Schläfe und grolle mit düsterer Stimme. „Ich bin sicher, er würde sich auch über ein bisschen Handarbeit freuen, Schätzchen.“

Der unbehagliche Schauer, der sichtbar über ihren Körper läuft, als sie ihren Kopf zu mir dreht, verwirrt mich noch viel mehr. „Ich —" Sie räuspert sich, doch ihre Worte werden deswegen nicht lauter. „Ich darf ihn nicht anfassen."

„Da unten" ist, was ihre Augen dem Satz noch hinzufügen.

„Oh, darfst du nicht?" Als ich den Kopf nach oben neige, merke ich, dass Raffael unserer kleinen Unterhaltung mit inzwischen wieder offenen Augen folgt. Ich halte seinen tödlichen Blick, während ich mich langsam aufrichte. Dann trete ich noch einmal hinter ihn. Meine nächsten Worte sind so leise neben seinem Ohr, dass man die Unterhaltung schon fast als *privat* bezeichnen könnte. „Warum ist das so, Raff? Wirst du nicht gerne angefasst ... *von einem Mädchen?*" Mit geschlossenen Augen atme ich den Duft seiner frischen Haut ein. Fuck, er riecht wie der verdammte Gletscher, den er mir dauernd vorzuspielen versucht. Schnee, der leise vom Himmel fällt. Am liebsten würde ich diesen Kerl anknabbern, von der kleinen Zehe bis rauf zur perfekten Wölbung seiner Oberlippe.

„Du bist ein interessantes Puzzle, Raffael", sage ich etwas lauter, um Tanja wieder an meinen Gedanken teilhaben zu lassen. „Lass uns mal sehen, ob wir nicht alle Teile zusammenbekommen, ehe die Nacht um ist." Ich greife nach unten und lege je zwei Finger auf Tanjas Hände, um sie direkt an die Stelle zu schieben, wo sie Raff eine kleine Massage geben soll. Dann hebe ich ihr Kinn mit einem Finger an und zwinkere ihr mit einem schiefen Grinsen zu.

„Mach mich stolz.“

Während sie sich nach vorne lehnt, um Raffael weiter auf eine Weise zu verwöhnen, die ihm alles abverlangt, formt sich ein leises Stöhnen tief in seiner Kehle. Ah, Gott, es erinnert mich daran, wie sehr mein eigener Schwanz gerade nach Aufmerksamkeit lechzt. Aber heute Abend geht es nicht um mich.

„Wag es ja nicht, jetzt schon zu kommen“, warne ich Raffael und schmunzle dabei schon fast neben seinem Gesicht. Das wäre viel zu einfach. Und wir sind noch nicht einmal annähernd fertig. „Wenn du deinen Wagen zurückwillst, kommst du dann, wenn ich es dir sage. Verstanden?“

Sein Körper spannt sich an, doch er weigert sich, mir eine Antwort zu geben.

„Ich kann dich nicht hören, Raffael“, stichle ich. „Hast. Du. Verstanden?“

Ein weiterer Moment verstreicht, ehe ein überaus kratziges „Ja...“ aus seinem Hals dringt. Es entlockt mir ein Lächeln.

Ich greife nach vorne und öffne den obersten Knopf seines weißen Hemds. Und den Zweiten. Und Dritten.

Zärtlich streifen meine Lippen über die Beuge seines Nackens. Dabei ziehe ich den Kragen zur Seite und über seine Schulter hinunter, um anschließend kurz mit der Zungenspitze über seine Haut zu fahren. Mmh, lecker. Ich bewege meine Zunge in festen Kreisen über die empfindliche Stelle an der Seite seines Halses und öffne dabei weiter die Knöpfe. Als das Hemd auseinanderklafft, lasse ich meine Hände über seinen harten Bauch und seine Brustmuskeln wandern, um jeden Zentimeter von ihm zu erkunden. Seine Haut ist zart und unglaublich warm. Fängt der Eisberg etwa endlich an zu schmelzen? Kann das sein?

Unter meinen Handflächen sind seine Nippel hart wie Kristallsplitter. Ein ganz leises, sanftes, kleines Raunen ertönt neben meinem Ohr. Oh, er ist so gut im Unterdrücken.

Ich drücke mich gegen seinen Rücken und erlaube ihm damit, sich an mich zu lehnen, als es den Anschein macht, dass seine Knie durch die sinnliche Zuwendung, die er von zwei Seiten bekommt, ein wenig weich werden. Und er akzeptiert es. Sein Kopf kippt nach hinten auf meine Schulter, während er seine Augen verbissen zukneift und nach Atem ringt. Ich lege meine Arme um seinen Körper, um ihn zu stützen. Die Hand über seine Brust gespreizt, spüre ich sein aufgeregtes Herz ängstlich darunter schlagen. „So schnell …", flüstere ich, während ich einen Pfad über seinen Hals hinauf knabbere und ihn sanft ins Ohrläppchen beiße. Sein Atem wird noch schneller, gerät beinahe schon außer Kontrolle. „Noch nicht, Raffael", warne ich ihn mit ruhiger Stimme, dann lecke ich zärtlich über die Stelle hinter seinem Ohr. Sein Kehlkopf zuckt bei einem schweren Schlucken und ich habe Mitleid mit ihm. Fast.

„Tanja —“, krächzt er. „Bitte ... Langsam —“

Sofort wird ihr Rhythmus sanfter. Über Raffs Schulter werfe ich einen finsteren Blick auf sie hinunter. „Mach weiter so langsam und du kannst die ganze nächste Woche nicht mehr sitzen!“ Schon klar, ich habe gesagt, ich würde keine Frau disziplinieren, aber in dieser Situation würde sogar ich eine Ausnahme machen und ihr den Hintern grün und blau schlagen.

Nein, würde ich nicht.

Aber es ist schön zu sehen, dass sie meine Worte keine Sekunde anzweifelt und auf die Art weiter macht, die ich von ihr erwarte. Raffael kann sich nur noch mit großer Mühe zurückhalten. Schweiß perlt unter den Strähnen auf seiner Stirn und ich kann das kleine Zucken seiner Muskeln fühlen, als er verzweifelt versucht, in meinen Armen die Kontrolle über sich selbst zu behalten.

Mit leichtem Druck schiebe ich meine flache Hand über seinen Hals hinauf bis direkt unter sein Kinn, um seinen Kopf zu mir zu drehen, und warte darauf, dass er seine Augen aufmacht. Als er mich endlich ansieht, funkelt sein Blick mit einer stillen Sehnsucht, die mich unwiderstehlich näherzieht, bis meine Lippen über seinen Mundwinkel streifen. Aber ich werde ihn nicht küssen. Nicht heute Nacht und auch nicht unter diesen Umständen. Obwohl ich das Feuer in ihm spüren kann, das geheime Verlangen —

das gerade erst angefangen hat, sich einen Weg nach oben zu brennen – soll er entscheiden, wann unser nächster Kuss passiert. Und es *wird* ihn geben. Er weiß es genauso gut wie ich. Denn jetzt gerade atmet er nur *da*für. Für mich. Das Mädchen vor ihm ist dabei völlig vergessen.

Ich schiebe meine beiden Hände zwischen uns und ziehe einmal kurz am Ende der Fessel, um ihn zu befreien. Das Satinband fällt zu Boden, sein Hemd rutscht über seine Arme hinunter und seine Finger gleiten zwischen meine. Einfach so. Dieses Mal musste ich ihm keinen Befehl dazu erteilen. Ein kleines Streicheln war genug. Und ich halte ihn fest.

Da er immer noch in den Ärmeln seines Shirts gefangen ist, bekomme ich seine Arme nicht weiter als bis zu seinen Hüften, als ich sie nach vorne schieben möchte, darum löse ich unsere Hände nur kurz, um den Fetzen loszuwerden, und lasse Raff hinterher selbst meine Hände wiederfinden. So hebe ich unsere beiden Arme an und führe sie in einer intimen Umarmung um seinen Körper. Er kann seine Augen schließen, so viel er will, es wird nichts an der Wahrheit ändern.

Mein Bild von Raffael wird immer klarer, doch einige Teile fehlen noch im Puzzle, um wirklich Sinn zu ergeben. „Tanja?", sage ich sanft und breche damit durch die tranceartige Musik, die den Takt für sein und mein Herz vorgibt. „Was sollst du vorzugsweise für ihn tragen, wenn er hier drinnen mit dir spielt? Außer Fesseln, meine ich.“

Sie lässt von Raffael ab und fixiert mich mit einem unsicheren Blick.

„Unschuldige Spitze? Sexy Unterwäsche? Gar nichts?“, liste ich ein paar Dinge auf, die ich selbst ziemlich heiß finde. Doch die Kleine überrascht mich, als sie nur den Kopf schüttelt.

„Nein ...?“ Ich küsse Raffaels Hals, halte meine Augen aber auf sie gerichtet. „Was dann?“

Ein leichtes Zittern liegt in ihrer Stimme, als sie mir verrät: „Er mag es, wenn ich seine T-Shirts trage.“

„Oh, fuck!“ Ein ungläubiges Lachen bricht aus meiner Kehle, als ich das Puzzle endlich zusammenbekomme, und ich drehe den Kopf zu Raff. „Du kannst sie nicht einmal ansehen, während du sie fickst, nicht wahr?“

In seinen glänzenden Augen steht so deutlich geschrieben, wie tief es ihn trifft, allein, dass ich es *weiß*. Aber das sollte es nicht. Nichts von all dem hier sollte ihn verletzten. Niemals.

Ich streichle mit dem Daumen über den Rücken seiner Hand, die immer noch in meiner liegt, doch mein mitleidvoller Blick schweift in diesem Moment zu Tanja. „Ich kann dir versichern, dass das nichts mit dir persönlich zu tun hat. Du hast einen verdammt heißen Körper, Kleines.“

Dennoch ... lasse ich Raffael los und ziehe mir das

dunkelblaue T-Shirt über den Kopf, um es Tanja in den Schoß zu werfen. „Würdest du das anziehen? Bitte …"

Mit tiefer Skepsis in ihren Rehaugen kommt sie meinem Wunsch nach, während Raffael den Moment nutzt, in dem weder Hände noch ein süßer Mund an seinem Schwanz hängen, um einmal durchzuatmen. Seine Verschnaufpause währt allerdings nur kurz. Ein kurzer Blick von mir reicht und Tanja macht sich wieder daran, ihn ebenso teuflisch wie vorhin mit ihrem zarten Mund zu verwöhnen.

Mit Raffaels warmem Rücken an meine Brust gedrückt, nehme ich seine Hände und schiebe sie zusammen mit meinen in seine Hosentaschen, wo ich unsere verflochtenen Finger in seine Leisten drücke.

„Warum machst du das?", fleht er heiser und kneift dabei die Augen noch fester zu, um einer Welt zu entfliehen, die ihn doch so verzweifelt in sich verschlingen will. Schon seit Jahren, wie ich vermute.

„Um dir zu zeigen, dass du falsch liegst."

„Womit?"

Ich ziehe meine Finger aus seinen Taschen und lasse sie langsam seine Arme hinaufwandern, wobei ich ihm leise, doch aufrichtig antworte: „Mit allem, was du dir dein ganzes Leben lang eingeredet hast."

Dann schiebe ich meine Arme durch seine und lasse meine Hände von seinem Bauchnabel abwärts gleiten, bis zur Wurzel seiner Erektion. Weiter komme ich nicht, denn er zieht seine Hände aus den Taschen und schlägt sie auf meine, um mich aufzuhalten. Das akzeptiere ich. Irgendwie. Zwar hat er sein Safeword nicht verwendet, aber ich spüre, dass dies die letzte Grenze ist, die er heute überschreiten kann. Und er schlägt sich wirklich tapfer. Besser, als ich zu Anfang dachte. Und bestimmt auch besser, als er selbst jemals für möglich gehalten hätte, da bin ich mir sicher.

Langsam genug, um ihn auf die letzte Hürde der heutigen Nacht vorzubereiten, ziehe ich meine Hände unter seinen heraus und lege sie dann sanft darüber. Auf diese Weise schiebe ich sie nach unten, um Tanjas geschickte Finger zu ersetzen, die um seinen Schwanz gewunden sind. Das Stöhnen, das darauffolgt, ist herzzerreißend. Und verflucht erregend. Fuck, wenn ich meinen Schwanz jetzt nur für eine Sekunde an ihm reibe, komme ich garantiert in meinen Jeans wie ein pubertierender Teenager.

Das wird nicht passieren. Nicht vor dem Mädchen. Sie kam mit ihren ganz eigenen Erwartungen her und jemand sollte diese auch erfüllen. Wenn zwei Jungs abspritzen, ohne dabei in ihr zu stecken, wäre das sehr egoistisch und bestimmt auch ein wenig entmutigend.

Um Raffael aber nicht mit der Intensität dieser völlig neuen Situation zu überfordern, lasse ich ihn sich selbst einen Moment lang unter meinen Händen massieren, dann nehme ich unsere Hände weg, strecke seine Arme hinter seinen Rücken und erlaube Tanja für das Finish zu übernehmen. „Du darfst jetzt kommen, wenn du möchtest", raune ich ihm ins Ohr und habe dabei selbst fast keine Stimme mehr.

Es dauert genau drei Sekunden, bis er seine Finger fest in die Seiten meiner Oberschenkel gräbt, sich dabei nach hinten an mich drückt und endlich in Tanjas Mund kommt. Vielleicht ist es gemein, dass ich meine Hände in seine Hosentaschen stecke und ihn dort ein klein wenig streichle. Vielleicht aber auch nicht. Er legt seinen Kopf auf meine Schulter und hört endlich auf, die Kontrolle behalten zu wollen. Während seines ganzen Orgasmus' hindurch, küsse ich seine Halsbeuge und lasse meine Zunge auf seiner Haut spielen, wobei ich sein kleines, zerschmetterndes Ächzen genieße.

Tanja ist wundervoll. Sie saugt ihn komplett trocken, ehe sie sich mit zwei Fingern über den Mund wischt und ihm anschließend sanft die Hose wieder zuknöpft.

Sobald ich mir sicher bin, dass Raffael auch ohne meine Hilfe stehen kann, ziehe ich mich von ihm zurück und schenke Tanja ein Lächeln, wobei ich einen Finger krümme, damit sie aufsteht. Ich greife nach dem Saum meines T-Shirts und ziehe es ihr aus. Dann küsse ich sie auf die Wange und sage sanft: „Würdest du auf dem Bett auf mich warten?"

Während sie nickt und sich auf die violette Decke setzt, drehe ich mich um und richte mein Lächeln auf Raffael. Er ist inzwischen in sein weißes Hemd geschlüpft, hat es aber offengelassen. „Hat es dir gefallen?", frage ich an den Bettpfosten gelehnt und balle dabei das T-Shirt in meinen Händen.

„Wie eine Wurzelbehandlung", schnappt er angepisst, doch seine schimmernden Augen erzählen eine ganz andere Geschichte.

„Jetzt komm schon, Schneeflocke. Verschon mich mit dem Scheiß." Ich werfe mein Shirt zur Seite und trete auf ihn zu, bis wir uns direkt in die Augen sehen. „Ich hätte dich auch ohne deine Freundin zum Kommen bringen können. Sogar schneller. Und das weißt du auch. Du hast jede verfluchte Berührung genossen."

Ich kann die Veränderung in seinen Augen erkennen, als er letztendlich seine Haltung wiederfindet. Jetzt, wo niemand mehr an seinem Schwanz hängt, verwandelt sein Blick die Luft um uns herum zu Eis. „Der einzige Grund, warum du mich anfassen durftest, ist, weil ich mein Auto wiederhaben will. Und du hast es zur Bedingung gemacht, Arschloch. Das hatte rein gar nichts mit Genießen zu tun. Nicht im Geringsten."

Jetzt muss ich doch seufzen. „Ach, Raffael ... Ich wünschte, du hättest etwas Anderes gesagt."

„Wie zum Beispiel ...?" Er zieht eine Augenbraue hoch.

„Die Wahrheit."

Verbissen verschränkt er die Arme vor der nackten

Brust. „Und du denkst, die Wahrheit ist, dass ich mich auch nur das leiseste bisschen von dir angezogen fühlen könnte?"

„Das zuzugeben" – ich spiegle seine Haltung – „wäre zumindest schon mal ein großartiger Anfang."

Er neigt den Kopf mit einem zynischen Lächeln, das endet, lange bevor es irgendwo in die Nähe seiner Augen kommt. „Tut mir leid, wenn ich deine Illusion zerstöre, aber das tue ich nicht."

„Es tut mir leid, *deine* zu zerstören, Raff, aber das tust du sehr *wohl*." Aber Hut ab vor seinem unerschütterlich finsteren Blick in meine Augen. Die meisten Menschen können ihren Schock und die akute Panik nicht so gut verbergen, wenn sie geoutet werden. Offensichtlich hat er diesen Teil von sich selbst für sehr lange Zeit unter Verschluss gehalten. Der Kontrollscheiß macht tatsächlich mehr und mehr Sinn. „Ich wünschte, du könntest es einfach akzeptieren und dich selbst gehen lassen. Deinetwillen, nicht wegen mir."

Okay, auch um meinetwillen. Ich würde Raff wirklich, *wirklich* gerne vögeln, denn er ist wahrscheinlich der heißeste Kerl, der mir in den vergangenen zwei Jahren über den Weg gelaufen ist. Und wenn wir hier nicht bald ein paar Fortschritte machen, muss ich wohl oder übel einen etwas direkteren Weg einschlagen, um ihm die Augen zu öffnen. Der kann allerdings etwas schmerzhaft sein und das, obwohl ich ihn dabei nicht einmal anfassen würde.

„Ich habe jetzt genug von dieser beschissenen Unterhaltung." Seine Augen verengen sich zu kalten Schlitzen. „Willst du mich noch mal fingerficken, oder hat das erste Mal gereicht, damit ich meinen Wagen zurückbekomme?"

„Ich glaube, ich habe noch eine weitere Stunde, bevor meine Zeit hier drin vorüber ist", antworte ich mit der gleichen Kälte. Aber ich bin kein Sadist, so wie er mit seinen unterwürfigen Mädels. Nichts von dem, was *ich* hier gerade getan habe, war, um ein Verlangen in mir zu ersticken, mit dem ich nicht klarkommen würde – was aber, wie ich annehme, bei ihm sehr wohl der Fall ist. Viel lieber möchte ich ihm etwas ganz Bestimmtes zeigen. Etwas über ihn selbst. Ich wünschte nur, es wäre nicht so hart für ihn, die Wahrheit zu akzeptieren. Und ich bin mir absolut nicht sicher, ob er sie nach allem, was heute Nacht passiert ist, auch ertragen kann. Die Finger in meine Hosentaschen geschoben, lasse ich meine Zungenspitze über meine Oberlippe gleiten, ehe ich an meinem linken Eckzahn sauge. „Aber ich mache dir ein faires Angebot."

„Was?"

„Küss mich und du kannst das Zimmer verlassen."

Während er einen Schritt zurück macht, stößt er ungläubig den Atem aus. „Du spinnst, wenn du auch nur eine Sekunde lang glaubst —"

„Letzte Chance, Raffael", unterbreche ich ihn. Und das

ist mein Ernst.

Er lehnt sich hinten an die Kommode mit den Schubladen und gräbt seine Finger dabei so fest ins Holz der Kante, dass seine Knöchel weiß werden. „Ich werde dich auf keinen Fall küssen. Und ganz sicher lasse ich dich auch nicht mit ihr allein hier drin." Er nickt kurz zum Bett, wo Tanja immer noch mit den Beinen in den Stiefeln an ihre Brust gezogen sitzt, die Arme drum herumgeschlungen, und uns so still beobachtet wie das gehorsamste Mädchen der Welt. Er hat sie gut erzogen.

„Falls du nur Angst hast, dass ihr etwas passieren könnte, lass mich dir versichern, dass sie jede Minute ihrer Zeit mit mir genießen wird. Aber du solltest meine Warnung ernst nehmen, Raffael. Was ihr guttut, wird für dich ziemlich schmerzhaft."

Er sagt gar nichts, sondern fordert mich nur mit einer angehobenen Augenbraue heraus. Und ich seufze.

„Na schön." Ich packe ihn am Arm und schleife ihn, seine elende Sturheit verfluchend, durchs Zimmer. Die ledernen Handfesseln, die vom Querbalken des Bettes hängen, haben mich schon von dem Moment an fasziniert, als ich vor drei Tagen zum ersten Mal einen Fuß in diesen Raum gesetzt habe. Wird Zeit, sie endlich mal auszuprobieren.

Ich lasse Raffael aufs Bett knien und die Arme heben, damit ich seine Handgelenke festschnallen kann, wobei ich die ganze Zeit seinen kühlen Duft nach Schnee einatme. Raff weiß es besser, als sich zu widersetzen – er hält sich an die Regeln, die heute Nacht hier drin herrschen. Die Fesseln sind klar für Tanjas Größe eingestellt und lassen ihm viel zu viel Bewegungsfreiheit. Am Kopfende des Bettes befindet sich der Mechanismus, um die Ketten zu spannen, und ich ziehe einmal fest daran, bis er in den Fesseln hängt wie gekreuzigt.

Wunderschön.

Ich greife unter sein Kinn und zwinge ihn dazu, mich anzusehen. „Dieses Mal werde ich dich nicht anfassen. Aber was jetzt kommt, wird dich vermutlich noch viel schlimmer treffen als das, was wir vorhin gemacht haben. Sag nachher nicht, ich hätte dich nicht gewarnt.“

„Fahr zur Hölle!“, knurrt er mit todbringender Stimme.

Oh ja. Ich denke, er hat gerade eine ziemlich gute Vorstellung davon, was gleich auf ihn zukommt.

KAPITEL 7

Raffael

Mein Körper steht immer noch in Flammen, meine Gedanken springen wild durcheinander und meine Arme werden langsam taub. Sebastian hat die Ketten zu straff gespannt, an denen ich vom Querbalken hänge und nur mit völlig durchgestrecktem Rücken auf dem Bett knien kann. Ich hänge hier hilflos ausgeliefert, mit einem Platz in der ersten Reihe zu einem Fick, den ich wirklich nicht sehen will.

Tanja liegt ausgestreckt auf den Laken vor mir und neigt ihren Kopf nach hinten, um zu mir hochzuschauen. *„Alles* *okay?“*, formt sie nur rasch mit den Lippen, während Sebastian ums Bett herumgeht, bis er mir gegenüber zwischen ihren Beinen steht. Die Lippen zusammengepresst, beschwichtige ich sie mit einem knappen Nicken. Sie braucht nicht zu wissen, wie sehr die vergangene Stunde mein Innerstes erschüttert und mich in Trümmern zurückgelassen hat.

Die Muskeln in Sebastians Armen und Rücken schwellen mit fester Anspannung, als er sich über Tanjas nackten Körper stützt. Die Tattoos, die über seine starke Brust laufen, verzweigen sich in seine Schultern und ziehen sich weiter über seinen rechten Arm. Ich konzentriere mich auf das schwarze Lederarmband an seinem linken Handgelenk, wo eigentlich seine Uhr sitzen sollte, während er seinen Kopf nach unten beugt und ihr ins Ohr säuselt: „Sollen wir jetzt mal testen, wie lange *du* aushältst, wenn ich dir nicht erlaube zu kommen?“

Mit purpurroten Wangen beißt sie sich in die Unterlippe und nickt schüchtern.

Sebastian gleitet über ihren Körper nach unten, streift dabei mit den Lippen in einer geraden Linie über ihre Haut und zieht auf dem Weg den dünnen Slip ihre Oberschenkel hinunter. „Endlich Zeit, die Geschenke auszupacken“, raunt er entzückt an ihre gewachste Pussy, verharrt aber nicht lange dort. Nachdem er ihren Slip loswurde, spreizt er ihre Knie ein wenig, hebt dann ihr rechtes Bein an und öffnet den Reißverschluss des schwarzen Lederstiefels. Ganz langsam zieht er ihn von ihrem Fuß, lässt ihn dann auf den Boden fallen und küsst eine federleichte Spur von ihrem Knöchel hinauf über die Innenseite ihrer Wade und Oberschenkel. Die ganze Zeit über lässt er ihr Gesicht nicht aus den Augen. Doch als er den ersten richtigen Kuss auf ihre glänzende Mitte legt, finden seine Augen meine und er fixiert mich mit einem dämonischen Grinsen.

Ich halte seinen Blick, ohne auch nur zu blinzeln. Erst, als er seine Aufmerksamkeit wieder dem Mädchen unter ihm widmet, schließe ich die Augen und umschlinge die Ketten über den wattierten Handschellen noch fester. Sekunden später ertönt das Geräusch des zweiten Stiefels, der geöffnet und auf den Boden geworfen wird, gefolgt von Tanjas leisem Stöhnen. Ich kenne ihre Tonleiter, weiß, was jedes noch so kleine Wimmern von ihr bedeutet. Ich kann ihr zierliches Quietschen deuten, wenn sie an bestimmten Stellen gekitzelt wird, und auch das heisere Ächzen, wenn sie tief in Leidenschaft versinkt und sich Erlösung herbeisehnt.

Und nach dem, was zu hören ist, macht Sebastian seine Arbeit wirklich gut.

Herr Jesus, lass mich bitte ohnmächtig werden!

Ein Schaf. Zwei Schafe. Drei Schafe ...

Ich wünschte, ich könnte die Geräusche einfach ausblenden. Und dazu auch gleich die Bilder, die sie mir in den Kopf malen, ohne, dass ich dabei überhaupt zu ihnen sehen muss. Verflucht sei Sebastian. Verflucht in ewiges Höllenfeuer dafür, dass er dieses teuflische Spiel mit mir treibt.

Vierundzwanzig. Fünfundzwanzig. Sechsundzwanzig. Siebenundzwanzig.

Alles, was ich tun kann, ist, mir vorzustellen, dass es nur Felix ist, der Tanja hier vor mir vernascht. Denn jeder andere Gedanke brennt wie Feuer in meiner Brust.

Eintausendzweihundertneunzig. Eintausendzweihunderteinundneunzig. Eintausendzweihundertzweiundneunzig.

„Raffael?" Sebastians sanfte, doch fordernde Stimme streichelt über meine Haut und entzündet ein Zittern in mir. „Mach die Augen auf."

Mir bleibt keine andere Wahl. Ich habe es bereits so weit geschafft. Ich muss nur noch ein paar Minuten durchhalten, bis ich bekomme, was ich will. Was ich *wirklich* will. Das *Einzige*, was ich will. Mein Auto. Nicht dieses verdammte Arschloch vor mir.

Unter schwerem Schlucken mache ich, was er verlangt. Und wünsche mir sofort, ich hätte es nicht getan. Sebastian kniet vor mir, splitternackt, hart wie Stahl – und hält mir ein beschissenes Kondom vor die Lippen. „Würdest du das bitte für mich öffnen?"

Eintausendzweihundertdreiundneunzig.

Ich schließe meine Zähne um die Ecke der Verpackung

und reiße die Folie auf, indem ich langsam den Kopf drehe.

Eintausendzweihundertvierundneunzig.

Dann blicke ich ihm mörderisch in die Augen und spucke ihm die abgerissene Ecke ins Gesicht.

Eintausendzweihundertfünfundneunzig.

Er stößt nur ein leises Lachen aus und flüstert: „Lass die Augen von jetzt an offen.“

Welche sadistischen Vorstellungen er auch immer haben mag, ich weigere mich, ihm dabei zuzusehen, wie er sich das Kondom über den Schwanz zieht, und lasse den Blick stattdessen auf Tanjas Porzellangesicht sinken. Ihre Augen sind zu und die leichte Röte in ihren Wangen verrät, dass sie den ersten Orgasmus bereits hinter sich hat. Als hätte ich das nicht schon an ihrem Wimmern bei Schaf Nummer achthundertsiebenundvierzig gemerkt.

Sebastian rutscht zurück in mein Sichtfeld, sobald er sich wieder über sie beugt. Tanja öffnet mit einem Lächeln die Augen. Ihre Beine zucken ein wenig um seine Hüften, als er sich gefühlvoll in sie schiebt und dann anfängt, sich in einem Takt in ihr zu bewegen, der seinen Hintern in einem hypnotischen Rhythmus anspannt. Verfluchte Scheiße, mir wird erst viel zu spät bewusst, wie lange ich ihn bereits anstarre, und ich schwenke den Blick über seinen perfekt gezeichneten Rücken und die Schultern hinauf. Sein dunkles Haar hängt in verschwitzten Strähnen in seine Stirn. Sein Atem geht langsam, aber tief und die ganze Zeit über, während er Tanja vögelt, fixieren mich seine Augen mit einer Leidenschaft, die mich erschreckt.

Bereits nahe an ihrem zweiten Höhepunkt schlingt Tanja ihre Arme um Sebastian und drückt ihre Nägel in seine Schulterblätter, doch er zieht sie rasch von dort weg. Ihre linke Hand fest im Griff, küsst er ihre Fingerspitzen und sieht dabei zum ersten Mal seit Minuten in ihr Gesicht. „Keine Kratzspuren, Kleines", flüstert er und lächelt dabei.

Gerade als ich glaube, das Schlimmste liegt nun endlich hinter mir, bleibt mein Herz stehen, als er sich zu ihr runterbeugt, um sie zu küssen. Er öffnet ihre Lippen mit seinen und ich kann für einen Moment seine Zunge sehen, wie sie in ihren Mund gleitet. Ich lasse den Kopf nach hinten kippen und starre mit zusammengebissenen Zähnen an die Decke.

Eine. Million. Schafe.

In Gedanken lasse ich sie alle über mich rennen und mich dabei zu Tode trampeln.

Denn ... ja, bei Gott, Sebastian hatte recht. Als er seine Finger über meinen Körper gleiten ließ, hat er etwas mit mir gemacht. Ich weiß nicht, was genau es war. Ich will auch gar nicht darüber nachdenken, denn es würde bedeuten, ich müsste mich mit Dämonen befassen, denen ich absolut nicht gegenübertreten möchte. Aber wenn er mich vor einer halben Stunde geküsst hätte, als seine Arme noch in dieser dominierenden Umarmung um mich geschlungen waren, hätte ich es wohl zugelassen. Und ich wäre darin verfallen.

Ich starre an die Ketten, die am Querbalken entlanglaufen, und beiße mir dabei auf die Unterlippe, bis ich Blut schmecke. Ich vögle Mädchen, seit ich sechzehn Jahre alt war. Wie kann ich mich jetzt plötzlich von Männern angezogen fühlen?

Eine Berührung an meinem linken Arm reißt mich aus meinen Gedanken und mein Kopf zuckt zur Seite. Sebastian, der inzwischen wieder sein dunkelblaues T-Shirt und die zerrissenen Jeans anhat, öffnet die ledernen Schnallen um meine Handgelenke. Er ist still und seine Miene weich. Ebenfalls komplett angezogen, steht Tanja bei der Tür und sieht mich schweigend an, ihr Blick voller Mitleid für das, was ich durchmachen musste. Dann lässt sie uns allein.

Ich schnaube und schlucke, während ich mir die Handgelenke reibe, sobald ich frei bin und vom Bett steigen kann. „Sind wir fertig?", frage ich mit eiskaltem Ton.

Sebastian nickt.

„Die Corvette gehört wieder mir und nichts wird das ändern?"

Aus seiner Jeanstasche zieht er den Wagenschlüssel heraus, den er mir dann in offener Hand entgegenhält. Zähneknirschend nehme ich ihn an mich. Ich betrachte ihn für einen kurzen, intensiven Moment, dann schließe ich meine Finger zu einer Faust darum und betoniere einen Schlag in Sebastians Gesicht. Sein Kopf schwingt zur Seite und er greift stolpernd nach dem Bettpfosten. „Du verficktes Arschloch!", spucke ich.

Das war das erste Mal, dass ich einen Kerl geschlagen habe. Und das Stechen in meiner Hand ist überraschend heftig. Aber der Schmerz tut auf merkwürdige Weise gut. Er ist mir willkommen, denn er vertreibt Gedanken, die ich nicht haben will. Das ist tausendmal besser, als scheißverdammte Schafe zu zählen.

Als sich Sebastian wieder aufrichtet, streift er mit der Zunge über seinen Mundwinkel und leckt dabei das Blut ab. Den Rest wischt er mit dem Handrücken weg. „Geht's dir jetzt besser?"

„Ja." Und nein. Und ... *Agh, Gott schütze die Königin!*

„Gut. Dann setz dich jetzt."

Ich muss lachen. Ein giftgeladener Laut. „Du gibst mir keine Befehle mehr in diesem Zimmer."

Sebastian rollt daraufhin nur die Augen. „Bitte ... setz dich." Sein Blick schweift kurz zur Bettkante. Seine Augen halten eine aufrichtige Wärme, die in mir das Bedürfnis weckt, seinem ... *Wunsch* ... nachzukommen. Es war keine Forderung.

Hinsetzen tut tatsächlich richtig gut nach der ganzen Zeit, die ich auf dem Bett knien musste. Ich komme endlich wieder zu Atem.

Er schnappt die Armlehne des Clubsessels und zieht ihn näher heran, sodass er sich vor mich hinsetzen kann. Mit den Unterarmen auf die Knie gelegt und die Finger verschränkt, lehnt er sich ein wenig nach vorn, um mir einen langen, tiefsinnigen Moment direkt in die Augen zu blicken. Als er endlich anfängt zu sprechen, klingt er völlig anders als vorhin. Ruhig. Erwachsen. Erfahren. Genauso wie ich mich gerade absolut nicht fühle. „Du bist, wer du bist, Raffael. Und es wird auch nicht weggehen, egal, wie oft du Tanja – oder irgendeine andere Frau – dafür bestrafst.“

Mein Hals fühlt sich so eng an, ich glaube, ich kann nicht einmal mehr die Spucke in meinem Mund runterschlucken.

„Und wenn du so weit bist, das auch endlich zu akzeptieren“, fährt er fort und schenkt mir dabei den Hauch eines Lächelns, das seine Augen streift, „dann würde ich dich sehr gerne wiedersehen.“

Einatmen. Ausatmen. Ich falle nach hinten in die Laken, weil ich nicht weiß, was ich sonst machen soll. Sebastian lacht nur darüber. Dann steht er auf und klopft mir einmal kurz auf den rechten Oberschenkel. „Du hast meine Nummer.“ Einen Moment später verlässt er den Raum und ich höre, wie die Badezimmertür zufällt.

Gütiger Himmel! Ich reibe mir übers Gesicht und stöhne verzweifelt. Was für ein beschissener Schlamassel.

Während sich Sebastian offenbar nebenan wäscht, hieve

ich mich aus dem Bett und stapfe nach unten. Tanja beobachtet von der Couch aus jeden meiner Schritte. Sie muss vorhin in meinem Schlafzimmer gewesen sein, denn sie trägt inzwischen einen meiner schwarzen Hoodies über ihrem Outfit. Sie sieht mich nur schweigend an. Ich vermute, wir reden dann später. Wenn wir allein sind.

Jetzt hole ich erst einmal die Schlüssel zum Honda aus der Küche, wo ich sie am Nachmittag auf die Theke gelegt habe, und drehe mich um, sobald ich Sebastian die Treppe herunterjoggen höre. Er wirft mir einen anzüglichen Blick zu, aber es ist klar, dass er heute Nacht kein Wort mehr sagen wird. Zumindest nicht zu mir. Stattdessen geht er zu Tanja, legt ihr seine Hand in den Nacken und zieht sie leicht nach vorn, um ihr einen Kuss auf den Scheitel zu geben. „Danke für deine Unterstützung, Kleines", sagt er zu ihr.

Als er bereits wieder auf dem Weg zur Tür ist, werfe ich ihm den Schlüssel quer durchs Zimmer zu, den er mit einer Hand fängt. Die Lippen zu einem schmalen Lächeln aufeinandergepresst, hebt er kurz eine Augenbraue zum Abschied – oder als Versprechen, da bin ich mir nicht sicher. Dann verschwindet er aus meiner Wohnung und die Tür fällt hinter ihm zu.

Ich starre noch eine ganze Minute lang auf die geschlossene Tür, ehe ich zurück in die Küche gehe, um mir eine Wasserflasche aus dem Kühlschrank zu nehmen.

Ich schraube die Kappe ab und trinke einen Schluck, weil ich immer noch nicht bereit bin, Tanja gegenüberzutreten. Oder mir anzuhören, was sie zu sagen hat.

Lange Zeit starre ich nur in die offene Flasche und versuche darin ein paar beschissene Antworten zu finden. Aber Wasser ist immer still, egal ob seicht oder tief. Letztendlich schraube ich den Deckel wieder zu und kralle meine Finger fest um die Flasche, während ich langsam ins Wohnzimmer gehe und mich dort gegenüber von Tanja auf die Couch setze. Es dauert einen weiteren Moment, bis ich mich dazu überwinden kann, ihr in die Augen zu sehen.

Sie seufzt.

Ich seufze auch. Und ziehe meine Beine auf die Couch.

Ich will nicht hören, was sie denkt. Ich will es nicht in ihren Augen lesen. Scheiße, ich will diese ganze Unterhaltung nicht führen.

Aber sie dauert an ... und an.

Tanja zieht ihre Unterlippe zwischen ihre Zähne.

Ich schlucke.

Ihr Zwinkern ist regelmäßig, jedoch mit unendlich langen Abständen dazwischen.

Ich schlinge meine Arme um meine Beine und ziehe die Knie hart an meine Brust, wobei ich die Wasserflasche immer noch verkrampft festhalte.

Tanja legt den Kopf schief und ich lehne meine Stirn auf meine Knie, um mein Gesicht in der Dunkelheit der Höhle zu vergraben, die ich geschaffen habe.

Etwas raschelt auf der Couch. Zarte Finger lösen meine und nehmen mir die Flasche weg. Dann schlingen sich warme weibliche Arme um mich und halten mich fest.

Atmen tut weh.

Sie streichelt mir über den Rücken rauf und runter.

Ich stelle die Füße auf den Boden und ziehe sie seitlich auf meinen Schoß. Mein Gesicht in ihrer Nackenbeuge vergraben, drücke ich sie fest an mich, so als wäre sie mein Teddybär.

Ihre Finger streichen durch mein Haar. Dann legt sie ihre Wange auf meinen Kopf und hält mich einfach nur im Arm. „Es ist gut, so wie es ist", flüstert sie.

Und ich bin ihr dankbar für diese Unterhaltung.

KAPITEL 8

Raffael

Tanja ist gegangen und während der letzten Stunde habe ich nur wahllos durch die Fernsehkanäle gezappt, in der Hoffnung, hier ein wenig Ablenkung zu finden. Irgendwie ist mir heute nicht danach, meine Freunde online zu treffen, um ein paar Zombies mit ihnen zu eliminieren, obwohl es bei dem Mist, der um halb zwei Uhr morgens im TV läuft, vermutlich die bessere Wahl gewesen wäre.

Ich durchlaufe alle einhundertzwanzig Sender noch einmal, ohne mir dabei die Mühe zu machen, ein lautes Gähnen zu unterdrücken. Vielleicht ist es einfach Zeit fürs

Bett. Doch dann verharrt mein Daumen über der Taste zum Weiterzappen, als mir eine Nachrichtensprecherin mit schwarzen Locken und roter Bluse die Worte „*Gay Pride*" direkt entgegenwirft.

Der Begriff löst eine unangenehme Adrenalinwelle in mir aus. Dennoch bleibe ich mit verengten Augen auf BBC und höre der Nachrichten-Lady zu, wie sie über die bevorstehende Schwulen- und Lesben-Parade in der ersten Juliwoche in London spricht. Ich weiß nicht, warum ich überhaupt auf diesem Kanal hängengeblieben bin und mir das anhöre. Vielleicht mag ich ja einfach ihre Stimme. Oder es ist, weil mich irgend so ein Arschloch mit weißem Honda heute Nacht in eine völlig fremde Welt gefickt hat.

Die Reportage, ein Zusammenschnitt aus allen Paraden quer durch England, zeigt unzählige feiernde Menschen auf den Straßen. Einige sehen ganz normal aus, andere wiederum sind in krass-schrille Outfits gekleidet. Sie lachen sehr viel. Und sie küssen noch mehr. Sie sehen tatsächlich richtig glücklich aus.

Der Bericht setzt mit Einblendungen von Widersachern dieses Lebensstils fort, die in Gegendemonstrationen marschieren und schlimme Straßenkämpfe anzetteln. Mir wird schlecht. Die Reporterin spricht von Unruhen, die auch bei der Londoner *Gay Pride Parade* zu erwarten sind – wie schon in all den Jahren zuvor. Ich schalte den Mist ab und gehe ins Bett. Das letzte, worüber ich im Moment nachdenken möchte, ist eine Gruppe von geistesgestörten Arschlöchern, die in Springerstiefeln zu einer Demo aufmarschieren, weil ich vor drei Tagen einen Mann geküsst habe ... und es mir gefallen hat.

Möglicherweise.

Oder vielleicht auch nicht.

Agh, ich weiß es nicht!

Okay, vielleicht ein ganz kleines bisschen.

Ich reibe mir übers Gesicht und stöhne in meine Hände. Fuck! Was geschieht nur mit mir?

*

Die letzte Woche der Uni ist angebrochen. Die ganzen Prüfungen sind bereits vorbei und ich muss vor Ferienbeginn nur noch in drei Kurse. Zwei heute Morgen und der letzte am Freitag.

Tanja studiert Kunst an derselben Universität, an der ich mein Architekturstudium absolviere. Es ist schön, sie in der Nähe zu haben, wo wir uns auch mal in den Pausen treffen können. Wenn wir Zeit haben, holen wir auch Felix zum Mittagessen aus dem Airbrush-Shop ab, in dem er arbeitet. Bis jetzt haben wir kaum zwei Tage hintereinander ausgelassen. Diese Woche jedoch nutze ich den Vorwand, dass ich nicht so oft auf dem Campus bin, um meinen Freunden aus dem Weg zu gehen. Mir ist einfach nicht danach, darüber zu reden, was kürzlich passiert ist. Und auf Grund des Versprechens, niemals voreinander Geheimnisse zu haben, das wir drei uns vor langer Zeit einmal gegeben haben, bin ich mir ziemlich sicher, dass Felix bereits weiß, wie fürchterlich die zwei Stunden in meinem Spielzimmer außer Kontrolle geraten sind.

Ich brauche nur etwas Zeit, um über alles hinwegzukommen und meine Balance wiederzufinden.

Allerdings schreiben mir beide jeden Tag über WhatsApp. Tanja öfter als Felix und sie fragt jedes Mal, wie es mir geht und ob ich über irgendetwas reden möchte. Will ich immer noch nicht. Was ich möchte, ist, mit meiner Corvette raus aufs Land und wieder zurück zu jagen und dabei das Gefühl auszukosten, mein Baby endlich wieder ganz für mich zu haben. Sebastian hat die Papiere ins Handschuhfach gelegt. Dasselbe hätte ich auch mit seinen Wagenpapieren machen können. Habe ich aber nicht. Der Typenschein für den Honda liegt immer noch auf meinem Schreibtisch, wo ich ihn hingelegt habe, nachdem Sebastian mein Apartment nur mit dem Schlüssel verlassen hat. Den Vertrag habe ich allerdings in eine Million Fetzen zerrissen und in den Mülleimer geworfen.

Donnerstagabend beschließen meine Freunde offenbar, dass meine Pause von der Menschheit nun endgültig vorbei ist, und überraschen mich mit einem Besuch. Sie haben Glück, dass ich sie wirklich gut leiden kann, denn normalerweise lasse ich niemanden in meine Wohnung, der sich nicht mindestens eine Stunde vorher angemeldet hat. Meine Lippen sind zu einem dünnen Strich gepresst, als ich die Tür aufziehe und in ihre Gesichter blicke.

Es ist eine Sache, mich mit Tanja auseinanderzusetzen. *Sie* kann ich zum Schweigen bringen, wann immer ich will. Aber ich habe keinen blassen Schimmer, wie Felix auf die Neuigkeiten reagieren wird, dass mich ein Kerl in meinem eigenen Playroom dominiert hat. Es ist bis auf die Knochen beschämend.

Wir drei stehen uns einfach mehrere Sekunden lang schweigend gegenüber. Bis Felix schließlich eine weiße Plastiktüte mit chinesischem Essen hochhebt und sich mit einem Grinsen an mir vorbeischiebt. „Wir haben Futter mitgebracht. Jetzt kratz deine Pussy endlich vom Boden auf und lass uns essen. Ich habe Hunger.“

Und damit ist die Sache erledigt.

Als Nächstes stellt sich Tanja auf die Zehenspitzen und küsst mich auf die Wange. „Hi“, sagt sie leise in mein Ohr.

Ich schließe die Tür und folge den beiden, wenn auch etwas zögerlich, ins Wohnzimmer, wo ich mich auf die Armlehne der Couch pflanze, während sie bereits die dampfenden weißen Kartons mit würzig duftendem Essen auspacken. Tanja reicht mir ein Paar Stäbchen, also rutsche ich von der Lehne auf die Couch, um mir die Schachtel mit der Peking-Ente zu greifen. Im Schneidersitz schaufle ich den ersten Bissen in meinen Mund und merke erst jetzt, dass ich seit zwei Tagen nichts mehr gegessen habe. Mann, das schmeckt vielleicht gut!

„Und ...", sagt Felix um einen Mundvoll scharfes Hühnchen mit Reis herum und wirft mir dabei einen belanglosen Blick zu. „Wie fühlt es sich an, die Hände eines Mannes am Körper zu spüren?"

Grundgütiger! Ich spucke die zerkaute Ente zurück in den Karton und starre ihn schockiert an.

„Felix!" Tanja rempelt ihn hart mit dem Ellbogen an. Das Entsetzen steht ihr klar ins Gesicht geschrieben.

Er blickt so unschuldig drein, als hätte er gerade nur nach dem Wetter gefragt, und schneidet dann eine leichte Grimasse in ihre Richtung. „Waaas?"

Meine Wangen glühen, als stünden sie in Flammen.

„Ich — er —" Sie funkelt ihn böse an. „Wir essen!", ist ihre letztendliche Begründung, was Felix nur zum Lachen bringt. Mich auch. Ein wenig.

„Wenn Raff und ich ohne dich essen, besprechen wir auch immer deine Pussy und wie geil es ist, wenn du —"

„Feeelix ..." Dieses Mal bin ich es, der ihn abwürgt.

Lachend gehe ich in die Küche, um die ausgespuckte Ente aus meinem Essen zu puhlen und in den Müll zu werfen, doch sein motziges: „Ihr zwei seid heute echt langweilig", folgt mir und ich kann nur den Kopf schütteln. Als ich wieder zurückkomme und den Rest meiner Peking-

Ente verputze, findet er zum Glück ein anderes Gesprächsthema.

„Hey, ihr kennt doch diesen coolen Typen aus *Facelift Cars*? Der Eine mit den blauen Haaren."

„Jap", murmle ich um den nächsten Bissen herum. Es ist eine Sendung über Autotuning, die schon seit Jahren in Großbritannien läuft. Felix und ich sehen sie uns oft gemeinsam an.

„Nein", antwortet Tanja.

War ja klar.

Felix verdreht kurz die Augen und spricht dann mehr in meine Richtung weiter als in ihre. „Er möchte ein Airbrush für sein Auto und kam deswegen heute Morgen in den Laden. Diego überlegt, ob er es mich machen lässt, weil dem Typen die Bilder *meiner* Arbeiten aus dem Katalog am besten gefallen haben."

„Wow." Weil WOW! Meine Augen gehen vor ehrlicher Bewunderung doppelt so weit auf. „Das ist riesig!"

Er grinst wie ein nagelneuer Penny. „Sie wollen es sogar in der Show bringen."

Ich bin unglaublich stolz auf Felix. Er hat es so sehr verdient. Seine Arbeit ist exquisit. „Was für ein Motiv will er denn?"

„Er stand total auf den Pantherkopf, den ich mal auf einen Truck gemalt habe. Sowas in der Art, schätze ich. Übrigens ..." Er deutet mit den Stäbchen über den

Couchtisch auf mich und schluckt Reis. „Weißt du schon, was du auf die Stingray haben möchtest?“

„Ich spiele mit dem Gedanken an einen rauchigen Totenschädel auf der Motorhaube. Und vielleicht den Mittelfinger einer Skeletthand auf dem Heck.“

Augenrollend meint Tanja trocken: „Großartig.“

„Hey, wir können die Corvette ja wohl kaum mit lauter Feen verzieren, auch wenn dir das wohl am liebsten wäre, Baby“, zieht Felix sie auf und schubst sie leicht mit der Schulter an, woraufhin sie das Hühnchen verliert, das zwischen ihren Essstäbchen klemmt. Während sie noch einmal danach fischt, piept mein WhatsApp. Ich stecke meine Stäbchen in die Box, die ich immer noch halte, und hole mit der freien Hand mein Smartphone aus der Hosentasche.

Sobald ich aber das Display entsperre, springt mein Puls in einer Nanosekunde von sechzig auf zweihundertsechzig. Jegliches Geräusch im Raum erstirbt, während ich sprachlos auf mein Handy starre.

„Okay, Alter, wir können deinen Herzschlag bis hier drüben hören“, sagt Felix leicht nervös. „Also entweder hast du im Lotto gewonnen, oder —“

„Sebastian hat dir eine Nachricht geschickt“, beendet Tanja seinen Satz in einem aufgeregten Flüstern.

Die Lippen immer noch aufeinandergepresst, blicke ich hoch in ihre hoffnungsvollen Augen.

Sofort wird ihr Lächeln breiter. „Was hat er geschrieben?"

„Ach, jetzt komm schon", murrt Felix sie an. „Gib dem Burschen doch ein bisschen Privatsphäre."

Normalerweise macht mir Tanjas grenzenlose Neugier nichts aus, doch heute Abend bin ich tatsächlich froh über Felix' Einmischung. Es macht mir eine Heidenangst, dass, obwohl ich nur Sebastians Namen gelesen habe und noch nicht einmal die Nachricht selbst, etwas in mir verrücktspielt, als hätte ich gerade einen Lamborghini gewonnen oder so.

Weil ich mich wohl über einen viel zu langen Moment keinen Millimeter bewege, fängt Felix an, das Essen in die Plastiktüte zu packen. „Es ist schon spät. Wir sollten jetzt lieber aufbrechen."

„Du willst *was*?" Tanjas übertriebener Protest ist beinahe schon niedlich, als er ihr die Stäbchen aus der Hand nimmt.

Er wirft sie zu den anderen Sachen in die Tüte. „Hoch mit dir, Tanja."

„Aber warum denn? Das ist doch so süß und ich —"

Felix schnappt ihr Kinn und zwingt sie damit, ihn anzusehen, während er über ihr steht. „Tür! *Sofort!*", befiehlt er und nagelt sie mit einem strengen Blick fest, der keinen Platz für Widerrede lässt. Whoa, selbst ich verspüre gerade den Drang, aufzustehen und meine Jacke zu holen, damit ich mit ihr die Wohnung verlassen kann.

Tanjas Augen springen vor Verblüffung weit auf, dann steht sie von der Couch auf und folgt ihm ins Foyer. Weil ich direkt hinter ihr bin, sieht sie nur kurz über ihre Schulter und formt verwundert mit den Lippen: *„Was war das denn?"* Alles, was ich ihr darauf bieten kann, ist ein planloses Schulterzucken. So habe ich Felix noch nie erlebt. Aber zumindest hat er gerade den richtigen Ton getroffen, der Tanja spuren lässt.

„Wir können bei mir zu Hause fertigessen", schlägt er ein klein wenig sanfter vor, aber immer noch streng genug, damit sie nicht anfängt, mit ihm zu diskutieren.

Tanja wirbelt herum und küsst mich zum Abschied auf die Wange. „Ruf mich später an und erzähl mir, was er wollte", flüstert sie und grinst, ehe sie zur Tür rausschlüpft.

Felix schlägt seine Hand in meine. „Wir können uns morgen noch mal über das Airbrush unterhalten."

Darauf nicke ich. „Danke fürs Essen."

Dann fällt die Tür ins Schloss und ich bin allein. Ich drehe mich um und fixiere mein Handy auf dem Couchtisch fünf Meter entfernt. Heilige Scheiße! Etwas läuft gewaltig schief bei mir, wenn ein kleines Piepen unser gemütliches Dinner derart abrupt abbrechen lässt.

Wieder rast mein Herz wie wild. Ich gehe zurück ins Wohnzimmer, lasse mich auf die Couch fallen und öffne schließlich die Nachricht.

Sebastian

Dir ist schon klar, dass du mir nur die Schlüssel und nicht die Papiere zurückgegeben hast, oder?

Ich starre lange Zeit nur auf diesen einen Satz und fühle bei der leichten Provokation in den Worten eine seltsame Aufregung in mir hochsteigen. Und was jetzt? Soll ich eine Unterhaltung beginnen? Ihm nur sagen, dass er morgen vorbeikommen und sie abholen soll? Scheiße, all diese Gedanken sind so furchtbar verwirrend. Ganz besonders die Tatsache, dass ich überhaupt erst darüber nachdenken muss, was ich schreibe, und nicht einfach antworte, wie ich es normalerweise bei jeder anderen Person auf der Welt machen würde.

Ich falte meine Hände vor Mund und Nase und stoße nervös den Atem aus. Dann tippe ich nur ein einziges Wort.

Ich

Jap.

Es dauert drei Sekunden, bis die zwei Häkchen daneben blau werden, und zehn weitere, bis eine neue Nachricht aufpoppt. Die ganze Zeit über verkrampfen sich meine Finger um das Telefon.

Sebastian

Planst du, das zu ändern?

Oh Mann, das bedeutet, ihn noch einmal zu treffen. Vorfreude und eine Welle aus Panik überschwappen mich bei der Vorstellung gleichzeitig. Mein Mund wird ganz trocken.

Ich

Jap.

Drei Punkte, die die Welle machen, zeigen an, dass Sebastian wieder etwas schreibt. Wie gebannt sehe ich ihnen zu, bis sie sich in Text verwandeln.

Sebastian

Großartig. Ist JAP das einzige Wort, das dein Handy ausspuckt?

Damit entlockt er mir ein Grinsen und ich tippe nur noch einmal ein *Jap.* Aber dann lösche ich es wieder, denn das ist bescheuert. Oder? Ich meine, immerhin hat er es herausgefordert. Während ich es noch einmal schreibe und erneut entferne, erscheint die Punktewelle wieder. Er schreibt auch gerade. Seine Nachricht kommt herein, ehe ich mein inzwischen wiedergetipptes *Jap* abschicken kann.

Was ich so oder so nicht getan hätte, weil ich es wieder gelöscht habe.

Sebastian
Ganz ehrlich, wie oft hast du jetzt fucking JAP geschrieben, ohne es zu senden?

Ich lache laut und platziere dann drei tränenlachende Smileys vor meine nächste Antwort.

Ich
Viel zu oft!!

Dann sinke ich tiefer in die Couch, lege den Kopf nach hinten auf die Rückenlehne und schneide eine Grimasse an die Decke. Mein Herzschlag normalisiert sich zum Glück noch bevor eine weitere Message von ihm hereinkommt und ich fange tatsächlich langsam an, die Unterhaltung zu genießen, die von hier an etwas flotter wird.

Sebastian
Nun ... Meine Papiere, Raffael?

Ich
Ich schicke sie dir mit der Post.

Sebastian

Wag es ja nicht, Schneeflocke ...

Ich

Hey! Das ist der einfachste Weg.

Sebastian

Der einfachste Weg wäre, mich zu treffen und sie mir persönlich zu geben.

Diese offensichtliche Aufforderung bringt mich zum Schlucken. Es wäre ganz und gar nicht der einfachste Weg. Wenn überhaupt, ist das der schwerste Weg, den ich mir vorstellen kann. Ich brauche eine lange Zeit, um mir zu überlegen, wie ich mich aus dieser Affäre ziehe.

Ich

Tut mir leid, das geht nicht. Ich habe eine wahnsinnig stressige Woche.

Sebastian

Feigling

Ich

Bin ich nicht! Es stimmt. Viel Zeug für die Uni und so.

Sebastian

In der letzten Woche vor den Sommerferien? Ich war auch auf dem College. Ich weiß, wie das läuft.

Ich kaue auf meiner Unterlippe. Fuck. Aus dieser Misere gibt es vermutlich keinen leichten Weg heraus. Aber das Letzte, was ich will, ist Sebastian noch mal in meiner Wohnung. Also seufze ich und schlage ihm als Treffpunkt das Café vor, in das, wie mir Tanja erzählt hat, die beiden vor der fatalen Nacht in meinem Spielzimmer gegangen sind.

Ich

Na schön. Treffen wir uns bei Starbucks unten an der Straße? Sonntag um 16:00.

Sebastian

FREITAG um 16:00. Gute Nacht, Raff.

Shit! Ich schlucke. Freitag ist schon morgen.

KAPITEL 9

Sebastian

Ich komme viel zu spät zu Starbucks. Der Verkehr war heute mörderisch und dann musste ich auch noch zwei Blocks weit vom Parkplatz bis zum Café laufen. Wäre vermutlich besser gewesen, ich hätte gleich in der Tiefgarage unter Raffaels Wohnhaus geparkt. Das hätte mir mindestens fünfzehn Minuten gespart.

Ich drehe das Emblem meiner schwarzen Nike Kappe nach hinten, schiebe die Tür auf und blicke mich erst einmal um. Sobald ich ein bekanntes Gesicht an einem Tisch ziemlich weit hinten entdecke, muss ich schmunzeln und schüttle den Kopf. Was für ein verdammter Angsthase. Ich gehe durch den Laden direkt nach hinten an den Tisch, wo meine Wagenpapiere auf mich warten, setze mich neben das schwarzhaarige Mädchen auf die Sitzbank und verschränke meine Arme provokativ gegenüber von Raffael auf dem Tisch. „Ernsthaft? Du musstest Verstärkung mitbringen?", necke ich ihn. „Angst, es könnte zu sehr nach einem Date aussehen, wenn du allein gekommen wärst?"

Sein knappes Antwortlächeln ist niedlich.

Ich drehe mich zur Seite, lege die Finger in den Nacken des Mädchens und ziehe sie für einen Kuss auf ihren Scheitel zu mir. „Hi, Tanja."

Die Kellnerin kommt in diesem Moment vorbei und ich bestelle einen Espresso mit einem Glas Wasser. „Und was immer sie will", füge ich noch mit einem Nicken zu Tanja hinzu, weil ihr Glas bereits leer ist.

„Einen Karamell-Frappuccino, bitte", sagt sie mit einem Lächeln.

Schweigen fällt über den Tisch, nachdem die Kellnerin wieder gegangen ist. Ich treibe nur ein kleines Spielchen aus Blicken mit Raff. Seine Lippen verschmälern sich dabei auffällig und ich möchte deswegen am liebsten lachen. Als die Frau mit unseren Getränken zurückkommt, bezahle ich für beide. Ich hätte auch der Schneeflocke einen Drink spendiert, aber sein Eiskaffee ist immer noch halbvoll. Anscheinend saugt die Kleine etwas schneller als er.

„Du hast ja nur Glück, dass sie mitgekommen ist und mich davon abgehalten hat, vor zehn Minuten zusammen mit deinen Papieren wieder zu verschwinden", sagt Raffael, indem er auf meine kleine Stichelei von vorhin eingeht, und klingt dabei viel mehr wie er selbst als bei unserer letzten Begegnung. Na ja, zumindest viel mehr nach dem Kerl, den ich in jener Nacht beim Straßenrennen kennengelernt habe. Er greift nach einem kleinen Stapel Zettel auf dem Platz neben sich und schiebt sie mir über den Tisch. „Ich hasse es *wirklich*, wenn Leute unpünktlich sind."

Bei diesen Worten neige ich den Kopf. Sein Tonfall lässt vermuten, dass ich die Warnung ernst nehmen sollte, falls ich gerne noch weiter mit ihm abhängen will. Und das tue ich. Darum halte ich seinen Blick nur weiter mit freundlichem Ausdruck, ohne weitere Neckereien, und nicke dann kurz. „In Zukunft nehme ich mehr Rücksicht darauf."

Meine Antwort wischt Raffaels Grinsen direkt aus seinem Gesicht. Eine dünne Gänsehaut überzieht seine Unterarme bis zu den hochgeschobenen Ärmeln seines übergroßen, weißen Hockey-Shirts. Er runzelt die Stirn und Tanja lacht. „Du siehst unglaublich süß aus, wenn dich jemand überrascht, Raff, weißt du das?", meint sie und löffelt die Schlagsahne vom Frappuccino in ihren Mund.

„Wie eine schüchterne, kleine Schneeflocke", stimme ich ihr mit einem schiefen Grinsen zu, verschränke die Arme wieder auf dem Tisch und zwinkere Raffael zu.

Wie in Panik, dass das gerade jemand gesehen haben könnte, schießt sein Blick durch den Raum. Dann senkt er rasch den Kopf, um seine Augen hinter den platinblonden Haarsträhnen zu verstecken, die ihm über die Stirn fallen, während er in seinen Eiskaffee starrt. „Gütiger Himmel! Würdest du hier drin bitte nicht mit mir flirten?", murmelt er.

Um seine Aufmerksamkeit zurückzugewinnen, greife ich nach seinem Glas und ziehe es aus seinen Händen. Sein Blick verfolgt meine Hand, stoppt aber erst an meinem Gesicht. „Okay", erwidere ich ohne ein Lächeln. Meine Stimme hält dieses Mal einen Hauch von Provokation. „Wo dann?"

Seine winterblauen Augen fixieren mich und eine Million Emotionen blitzen darin auf. Schock ist die offensichtlichste, aber es steckt auch Neugier darin. Verlangen. Und als er sich anscheinend selbst über seine Gedanken klar wird, zieht eine leichte Röte über das obere Drittel seiner Wangen. Es dauert nur so lange wie ein Atemzug, aber es ist hinreißend.

Dass er mir keine Antwort geben will, wird klar, als er nach seinem Eiskaffee greift und diesen zähneknirschend wieder an sich zieht. Doch ein überraschender Vorschlag kommt von dem Mädchen neben mir. „Spielzimmer", sagt Tanja.

Wir drehen uns beide zu ihr und Raffael platzt verblüfft heraus: „Was?“

Sie zuckt nur belanglos mit der Schulter, als könnten diese dreißig Quadratmeter in seiner Wohnung alle Probleme der Welt lösen. „Tschuldigung.“ Immer noch damit beschäftigt, den Frappuccino zu löffeln, nuschelt sie nur: „Ignoriert mich einfach. Ich habe nur laut gedacht.“

Ich neige den Kopf etwas mehr, weil ich keineswegs vorhabe, diese Idee unter den Tisch fallen zu lassen. „Nein, bitte. Sprich weiter.“ Sie hat mich ehrlich neugierig gemacht.

Nun sieht sie zu mir hoch und räuspert sich. „Na ja ...“ Ihr Blick schweift zwischen Raffael und mir hin und her, doch er bleibt einen Moment länger an ihm hängen und ihre nächsten Worte gelten auch ihm allein. „Es ist doch irgendwie offensichtlich, dass du die ... Vorstellung davon, Sebastian näher kennenzulernen ... spannend findest.“ Sie verzieht das Gesicht und ein zartes Pink steigt ihr bis zu den Haarwurzeln hoch, weil sie in ihrem Freund gerade ein ziemliches Unbehagen auslöst und sie das weiß.

Mir, auf der anderen Seite, gefällt ihre Wortwahl.

Ihre dunklen Augen wandern wieder zu mir, wobei sie ein tiefes Seufzen ausstößt. „Du hast ihn dazu gebracht, einige Dinge über sich selbst zu hinterfragen, und er braucht vermutlich einfach etwas Zeit, um sich an diese neue Seite von ihm zu gewöhnen.“

Gerührt von ihren Worten, werfe ich einen kurzen Blick zu Raffael, dessen Backenzähne zweifellos zersplittern werden, wenn er die Kiefer noch einen Moment länger so hart aufeinanderbeißt.

„Der Playroom war irgendwie immer schon ein Ort außerhalb dieser Welt", erklärt mir Tanja weiter. „Andere Regeln. Nichts, was die Realität antasten würde, wenn man es nicht will. Ein Zimmer, in dem alles möglich ist. Ich denke, es ist ein guter Platz für den Anfang, falls du wirklich gerne mehr Zeit mit Raff verbringen möchtest. Dieses Mal ohne Dominanz und Unterwürfigkeit. Nur ihr beide, so wie ihr seid. Ich weiß, dass er es schätzen würde, selbst, wenn er ab heute nie wieder ein Wort mit mir spricht, weil ich das eben gesagt habe."

„Darauf kannst du Gift nehmen", kommt das tödliche Knurren von der anderen Seite des Tisches. Kurz überkommt mich das Bedürfnis, mich in die Schusslinie zu werfen, um seinen eiskalten Blick daran zu hindern, das Mädchen umzubringen.

„Ach bitte, Raff, jetzt komm." Sie legt ihre Hand auf seine, doch er zieht sie blitzartig weg. „Du hast in deinem Leben schon verrücktere Dinge angestellt, als deine Sexualität auszuweiten, und du lebst immer noch. Warum gibst du der Sache nicht einfach eine Chance? Ich weiß, dass Sebastian sich das wünschen würde. Das hat er mir am Montag erzählt, bevor wir zu dir gekommen sind. Und ich weiß, dass du es ebenfalls willst. Irgendwie. Ganz tief in dir drin."

Vermutlich unter all den bescheuerten Regeln, an die er sich selbst fesselt.

Es kommt mir gerade nicht richtig vor, etwas dazu zu sagen, weil es sich anfühlt, als wäre das eine Unterhaltung zwischen den beiden allein, und ich muss sowieso akzeptieren, was auch immer dabei herauskommt. Doch als Raffael seine Finger so fest um das Glas schlingt, dass ich fürchte, er zerbricht es gleich, gibt es mir seinetwegen einen kleinen Stich ins Herz.

„Ich — *kann nicht.*" Mit dem Blick auf den Tisch gerichtet, brechen die drei Worte aus seiner Kehle. Es muss ihn eine Menge Überwindung kosten, in diesem Moment überhaupt mit uns zu sprechen.

„Natürlich kannst du", versichert ihm Tanja sanft, als wäre er ein Kind, zu dem sie durchdringen möchte. „Sieh es nicht als eine lebensverändernde Entscheidung an. Vielleicht mehr wie ein Experiment in einem ... Chemielabor. Du gehst hin, du probierst ein paar Dinge aus, du siehst dir an, ob du mit dem Ergebnis arbeiten kannst, und wenn nicht, dann gehst du einfach wieder und schließt die Tür."

„Genau. Und wenn du da drin Dinge mischst, die einfach nicht zusammengehören, dann jagst du das ganze Labor in die Luft", schnappt er zurück. „Und hinter *sowas* schließt du nicht einfach eine Tür."

So viel Angst.

Ich ziehe tief den Atem ein und lecke mir über die Lippen. Es muss hart sein, von so vielen neuen Gefühlen überrannt zu werden. Ich habe bereits ziemlich früh herausgefunden, dass ich vorwiegend auf Jungs stehe, das war für mich keine so erschütternde Erkenntnis. Aber mit dreiundzwanzig und nachdem er sein halbes Leben lang nur mit Frauen rumgemacht hat, ist das wohl etwas schwerer zu akzeptieren. Weil inzwischen eine dicke Wolke aus Schweigen über dem Tisch hängt, wage ich es, kurz einmal mit den Fingerknöcheln über seinen Handrücken zu streifen. „Ich werde deine Wohnung nicht in die Luft blasen, versprochen."

Raffael zieht seine Hände samt Glas weg, allerdings nicht so ruckartig wie vorhin, als Tanja ihn berührt hat. Dennoch kneift er die Augen zusammen, als wollte er gerade nichts lieber, als sich selbst irgendwo weit, weit weg von dieser neuen Realität einschließen, mit der er erst noch umzugehen lernen muss.

Seine Nasenflügel zucken durch seinen raschen Atem. Ich rechne damit, dass er gleich den tödlichsten aller Laserblicke auf mich richten wird und mich dabei direkt in die Hölle verdammt. Doch stattdessen überrascht er nicht nur mich, sondern auch Tanja, als er ganz plötzlich vom Tisch aufsteht. Ohne ein einziges Wort zum Abschied verlässt er das Café und biegt draußen in die Richtung seines Apartments.

Ich lasse meine Stirn auf meine verschränkten Arme fallen und brumme gegen die hölzerne Tischoberfläche: „Fantastisch.“

Neben mir seufzt Tanja. Wenn ich ihr nicht den Weg versperren würde, wäre sie Raffael bestimmt schon nachgelaufen. „Bitte, gib noch nicht gleich auf“, sagt sie leise neben mir. Ich bin mir nicht einmal sicher, was genau sie damit meint. Aufgeben, Raffael in eine Welt zu führen, in der es möglich ist, dass ein Kerl auch auf einen Kerl steht? Oder den Versuch aufgeben, ihm näherzukommen? Denn sie weiß, ich möchte beides.

Wir hatten eine sehr lange und wirklich nette Unterhaltung über Raffael, als wir das letzte Mal hier gesessen haben, und ich habe ihr dabei auch erzählt, dass es schon eine ganze Weile her ist, seit mich jemand so sehr angezogen hat wie er. Vom ersten Moment an, als ich ihn gesehen habe. Natürlich könnte es einfach damit zusammenhängen, dass unsere Bekanntschaft mehr oder weniger rückwärts losging, mit einem richtig süßen Kuss — einem, den ich tagelang nicht mehr aus dem Kopf bekommen habe. Aber Raffael hat noch irgendetwas Anderes an sich, das mich häufiger an ihn denken lässt, als ich vermutlich sollte. Sein ganzes Auftreten. Vor allem die dicken Wände, die er um sich herum aufgebaut hat. Ich möchte sie zu gerne niederreißen und herausfinden, was sich dahinter verbirgt. Denn ich bin mir sicher, was auch immer zum Vorschein kommt, wird umwerfend sein. Aber ...

„Isländisches Titan ist so schwer zu knacken", jammere ich.

Tanja schmunzelt. „Wenn du zu ihm durchbrechen willst, dann ist jetzt der bestmögliche Zeitpunkt." Sie zieht mir die Kappe vom Kopf und ich drehe mich mit dem Gesicht zu ihr, die Wange auf meine Arme gebettet. Ihre dunklen Augen glitzern voller Hoffnung. „Ich bin mir sicher, dass er über die nächsten paar Stunden durch sein Apartment läuft wie ein Tiger im Käfig. Du hast seine Welt aus den Angeln gehoben. Jetzt mach was draus. Gib ihm nicht die Zeit, um seine Mauern wieder aufzurichten." Sie setzt meine Kappe so auf den Tisch, dass das Nike Emblem zu mir schaut. Ich lese die kleinen Worte darunter.

Do it!

„Morgen ist es zu spät", meint sie liebevoll. Dann saugt sie geräuschvoll den Rest ihres Karamell-Frappuccinos durch den Strohhalm und leckt sich mit einem lauten Schmatzen die Lippen.

Ich schätze, das war dann wohl das Ende ihrer Motivationsrede. Und sie hat mir viel zu denken gegeben. Nachdem ich meinen eigenen Kaffee ausgetrunken habe, setze ich die Kappe wieder auf und rutsche von der

Sitzbank. Die zusammengerollten Papiere zu meinem Auto kommen in meine hintere Hosentasche.

Wir verlassen Starbucks gemeinsam. „Soll ich dich nach Hause fahren? Mein Wagen steht nur zwei Blocks von hier entfernt“, biete ich ihr draußen an.

Tanjas langes, schwarzes Haar fliegt im Wind, weil sie den Kopf schüttelt, und dabei schenkt sie mir ein aufrichtiges Lächeln. „Nein danke. Ich fahre gerne mit dem Bus. Und außerdem hast du noch andere Dinge zu tun.“

Wieder einmal dankbar für ihre Hilfe mit Raffael nicke ich und starte dann in die entgegengesetzte Richtung von ihr los. Nach ein paar Schritten halte ich jedoch noch einmal an und drehe mich um. „Tanja!“ Als auch sie sich zu mir dreht, fast schon am Ende der Straße, frage ich: „Was macht ihr beide, wenn ihr Raffael etwas weiter aus seiner Komfortzone holen wollt?“

Die Brauen gedankenvoll nach unten gezogen, nimmt sich Tanja einen Moment, um zu überlegen. Dann blickt sie wieder hoch und zuckt mit den Schultern. „Ganz einfach.“ Ein breites Grinsen bringt ihre Augen zum Leuchten. „Wir fordern ihn heraus.“

Sie winkt zum Abschied und joggt runter zur Busstation. Ich mache mich ebenfalls auf den Weg zu meinem Honda.

Ihn herausfordern ...

Der Gedanke kreist die ganze Zeit in meinem Kopf, während ich die zwei Blocks laufe. Es war eine Wette, die

Raffaels hübschen Arsch überhaupt erst in Schwierigkeiten gebracht hat, und ich habe ihn in jener Nacht mit einem Kuss gerettet. Aber wie passt das in sein Schema, ständig über alles die Kontrolle behalten zu wollen? Warum sollte er sich selbst in so brenzlige Situationen manövrieren, wenn es doch so sehr gegen seine Prinzipien spricht?

Darauf fällt mir keine passende Antwort ein.

Fünf Meter von meinem Wagen entfernt drücke ich den Knopf auf dem Schlüssel, um die Türen zu entriegeln, und lasse mich hinter das Lenkrad fallen. Die Papiere werfe ich auf den Beifahrersitz. Hinter mir drücken die H-Gurte in meinen Rücken. Ich will mich gerade nicht anschnallen. Ich will auch den Motor nicht starten, denn ich möchte einfach noch nicht nach Hause. Aber was bleibt mir anderes übrig? Es ist wohl keine sehr kluge Idee, zurück nach Brook's Mews zu fahren und Raffael aus seinem Apartment zu klingeln. Vor einer halben Stunde hat er ohne Zweifel klargemacht, dass er zum Reden noch nicht bereit ist.

Andererseits meinte Tanja, dass ich nicht bis morgen warten soll. Und sie kennt ihn immerhin viel besser als ich.

Ich schlinge meine Finger fest ums Lenkrad und schlage mit dem Kopf dagegen. Was für eine beschissene Zwickmühle, verdammt!

Nach einem langen, viel zu tiefen Seufzen hebe ich den Kopf wieder und greife zum Startknopf, doch meine Finger verharren in der Luft. Sekunden verstreichen. Irgendwann lehne ich mich zurück, der Motor immer noch still, und beiße mir auf die Lippe, während ich durch die Windschutzscheibe starre. Vielleicht ist Ausharren im Moment sogar das Beste, was ich tun kann.

Ich hole mein Handy hervor und öffne den WhatsApp-Chat mit Iceland. Einen tiefen Atemzug später tippe ich zwei Worte und drücke auf senden.

Ich

Keine Fesseln.

Er liest die Nachricht nur Sekunden später, doch es dauert über fünf Minuten, bis eine Antwort von ihm kommt.

Iceland

Was?

Ich

In deinem Spielzimmer. Ich mag Tanjas Vorschlag. Wir könnten das trotz allem anders angehen. Kein Druck. Keine Dominanz. Nur reden für den Anfang.

Iceland

Wir haben im Café geredet.

Ich

Nein, haben wir nicht. Du hast zugemacht. Island hat die Grenzen geschlossen …

Iceland

Lass mich zu Atem kommen.

Ich

Das tue ich. Ich habe eingesehen, dass du noch nicht dazu bereit bist, mit einem Kerl in der Öffentlichkeit an einem Tisch zu sitzen.

Iceland

Warum glaubst du das?

Ich

Du hast dich die ganze Zeit umgesehen. Du wolltest sichergehen, dass niemand bemerkt, wie ich dir zuzwinkere. Oder dich berühre. Oder sonst irgendetwas anstelle, das den Anschein macht, es könnte etwas zwischen uns laufen.

Iceland

Weil es nicht so ist.

Ich

Stimmt.

Ich schicke die letzte Nachricht ab, lasse dann meine Hand mit dem Telefon fallen und reibe mir mit der anderen übers Gesicht.

Ich weiß, dass er nichts mehr antworten wird, wenn ich es dabei belasse. Und das wäre überaus schade. Denn sogar, wenn wir nur über WhatsApp miteinander schreiben, gibt es mir ein angenehmes Gefühl. Und ich wette, ihm auch.

Darum rutsche ich etwas tiefer in den Sitz, klemme mein angewinkeltes Knie ins Lenkrad und schreibe ihm noch einmal.

Ich

Aber bist du überhaupt nicht neugierig, wie es sein könnte?

Iceland

Einen FREUND zu haben?

Ich

Jemanden zu küssen, der zum ersten Mal in deinem Leben das Eis in dir zum Schmelzen bringt.

Daraufhin bleibt das Display so lange schwarz, dass ich beschließe, doch endlich den Motor zu starten und nach Hause zu fahren. Wahrscheinlich habe ich ihn trotz allem überschätzt und er ist wirklich noch nicht bereit, diesen gewaltigen Sprung ins Unbekannte zu machen. Schade. Die

Schneeflocke zu vergessen, wird bestimmt nicht leicht nach den intensiven Momenten, die wir seit vergangenem Freitag gemeinsam erlebt haben.

Mit einem niedergeschmetterten Seufzen steige ich aufs Gas und lenke den Wagen in den Verkehr. Genau in diesem Augenblick gibt mein Smartphone auf dem Beifahrersitz ein leises *Ping* von sich und ich funkle es mit gerunzelter Stirn von der Seite aus an. An der nächsten roten Ampel greife ich danach und lese, was Raffael geschrieben hat. Ein Lächeln bringt meine Wangen zum Krampfen.

Iceland

Vielleicht. Ein wenig ...

Das ist alles, was ich hören wollte. Anstatt nach Hause zu fahren, nehme ich eine Abzweigung und fahre zurück nach Brook's Mews, wo ich vor Raffaels Wohnblock halte, als ein dunkelgrüner Jeep bei meiner Ankunft einen Parkplatz direkt vor der Eingangstür freimacht. Nachdem ich den Motor abgestellt habe, schnappe ich mir die Packung Zigaretten aus der Mittelkonsole und steige aus. An die Wagentür gelehnt, stecke ich mir eine Marlboro an und ziehe den Rauch tief in meine Lungen. Während ich ihn langsam wieder auspuste, schreibe ich Raffael eine letzte Nachricht, um sicherzugehen, dass ich nicht wieder eine

todbringende Grenze überschreite, so wie vorhin bei
Starbucks, als ich seine Finger gestreichelt habe.

Ich

Kann ich raufkommen?

Ich bin bereits mit der Zigarette fertig, als seine Antwort
endlich eintrifft.

Iceland

Okay

Die Kappe lasse ich im Wagen liegen und gehe zur
Eingangstür des Gebäudes, die mit einem leichten Drücken
aufgeht. Als ich das letzte Mal mit Tanja hier war, haben
wir den Hauptlift benutzt, der im Gang außerhalb der
Wohnungen hält und nicht durch einen persönlichen Code
gesichert ist. Die Fahrt in den neunten Stock dauert nur
kurz und als ich aussteige, steht auch schon die Tür zu
Apartment 37 am Ende des Flurs einen Spalt weit offen.

Okay ...

Ich fahre mir durch die zerzausten Haare und trete leise
ein, ohne vorher anzuklopfen.

KAPITEL 10

Raffael

Das Geräusch, als jemand die Tür schließt, lässt mich den Blick heben. Sebastian. Er steht am Eingang zum Wohnzimmer, die Hände in den Taschen seiner zerrissenen Jeans, die Haare chaotisch, die Ärmel seines schwarzen Hemds bis zu den Ellbogen nach oben gerollt. Seine dunklen kastanienbraunen Augen sind auf mich gerichtet. Ein sternchenbesetzter Schauer jagt mir dabei durch den ganzen Körper.

Ich sitze immer noch am gleichen Platz, wo ich mich vor einer halben Stunde auf die Couch habe fallen lassen, als wir angefangen haben, WhatsApp-Nachrichten hin- und herzuschicken. Es waren beängstigende Messages. Aufregend. Und gefährlich. Sie haben alle möglichen Gefühle in mir freigesetzt. Falsche Gefühle. Eine Sehnsucht nach etwas, worüber ich nicht einmal nachdenken sollte.

Aber es ist so unendlich schwer, nicht an verbotene Küsse zu denken, wenn dieser Kerl immer wieder die richtigen Worte findet, um mich zu provozieren. Er bringt mich dazu, jemand sein zu wollen, der ich nicht sein will. Wie soll das funktionieren?

Sebastian steht immer noch auf der einzelnen Stufe, die in den abgesenkten Wohnbereich führt, und sieht mich nur an. Als warte er auf eine Einladung. Oder auf ... Ach, keine Ahnung. Darauf, dass ich aufstehe und voraus nach oben in den Playroom gehe?

Meine Zunge klebt an meinem Gaumen fest. Ich finde kaum meine Stimme. Mein Blick sinkt kurz zu meinen aufgestellten Knien, die Füße auf der Kante des Couchtisches abgestellt. Aber als würde ein Teil von mir befürchten, dass er ganz plötzlich näherkommen könnte – oder wieder gehen – zuckt mein Blick zu ihm zurück. Ich brauche eine Ewigkeit, bis ich ein kleines, heiseres „Hi“ über die Lippen bekomme.

Er steigt die Stufe auf dieselbe Ebene zu mir herunter. Unbeabsichtigt zucke ich auf der Couch ein wenig zusammen und er bleibt sofort stehen. Dann lässt er sich auf die zehn Zentimeter hohe Stufe nieder. Die Unterarme auf die aufgestellten Knie gelegt, verschränkt er locker die Finger und sieht weiter still zu mir. Ich bin mir sicher, er wäre gerade nicht so … rücksichtsvoll, wenn wir bereits oben wären.

Langsam nehme ich die Beine vom Tisch, eins nach dem anderen. Nur durch das Aufstehen von der Couch wird mein Herzschlag schon wieder bedeutend schneller. Ich muss zusehen, dass ich meinen Atem ruhig halte, sonst wird das mit dem Sprechen heute gar nichts mehr. Ich umrunde den Tisch, die Augen die ganze Zeit über auf ihn fixiert, und durchquere das Wohnzimmer. Mit einem guten Meter Abstand zwischen uns, steige ich über die Bodenerhöhung und gehe in die Küche. Er dreht seinen Kopf in meine Richtung, um mir nachzusehen.

„Möchtest du was trinken?“, frage ich leise.

„Nein, danke“, antwortet er genauso ruhig.

Aus dem oberen Fach im Kühlschrank nehme ich eine Sprite-Dose und schließe behutsam die Tür. Ich sollte wieder zur Couch zurückgehen, aber ich schaffe es nicht bis dorthin. Die Wahrheit ist, ich kann mich nicht einmal dazu überwinden, noch einmal an Sebastian vorbeizugehen, darum bleibe ich einfach zwei Schritte hinter ihm stehen. Es scheint, als schaut er aus dem Fenster, doch als er das Zischen hört, sobald ich die Dose aufmache, dreht er den Kopf wieder und drückt seinen Mund gegen seine linke

Schulter.

Dass er hier ist, fühlt sich wie das absolute Eindringen in mein Apartment an. In meine Welt.

Er kann kaum mehr von mir sehen als vielleicht meinen Schatten auf dem Boden. Ich jedoch halte meinen Blick auf seinen Rücken gerichtet, während ich einen Schluck trinke. Auf seinen gebräunten Nacken und das schwarze Durcheinander seiner Haare. Über ihm zu stehen, bringt mir das Gefühl von Ausgeglichenheit zurück. Innen wie außen.

Ich mache zwei vorsichtige Schritte näher auf Sebastian zu, immer noch hinter ihm, aber leicht seitlich. Meine Beine sind inzwischen wahrscheinlich in sein Sichtfeld gedrungen. Er bewegt sich immer noch nicht. Keinen Zentimeter. Mein Herz bekommt die Gelegenheit, aus dem etwas zu lauten Pochen in einen normalen Rhythmus zurückzufallen.

Eine ganze Minute stehe ich noch da, dann gehe ich wieder hinüber zur Couch. Sebastians Blick folgt mir abermals. Dieses Mal wähle ich einen Platz etwas näher am Wohnzimmerrand und stelle die grüne Dose auf den Tisch, gleich neben den Block und Stift, die ich immer hier liegen habe, um Passwörter für Spiele und Accounts zu notieren.

Wieder verfangen sich unsere Blicke. Die Minuten ziehen vorüber. Ich weiß nicht, warum er bisher noch nichts gesagt hat. Oder *ich*. Aber je länger das Schweigen zwischen uns andauert und je länger er einfach nur reglos dort drüben sitzt und mich ihn beobachten lässt, umso mehr kann ich mich in meiner Wohnung wieder entspannen. Es wirkt beinahe so, als ob er mir Zeit geben würde, um mich an seine Nähe zu gewöhnen, indem er einfach ein stiller Gegenstand in meiner Welt bleibt.

Ich greife noch einmal nach der Limo und hebe sie an meinen Mund. Die Augen kurz gesenkt, murmle ich gegen die Dosenöffnung: „Hast du Lust auf ein Videospiel?"

Seine Mundwinkel schieben sich leicht nach oben und ich will mir selbst eine knallen, weil ich es anziehend finde. Ich weiß noch nicht einmal, warum er jetzt überhaupt lächelt. Weil ich endlich mit ihm rede, oder weil der Vorschlag total bescheuert ist?

„Klar", sagt er und es klingt so, als meinte er es ernst. Als würde ihm die Idee sogar richtig gut gefallen. „Hast du *Need for Speed*?"

Ich nicke.

Dann verzieht Sebastian zweifelnd das Gesicht. „Und bist du auch halbwegs gut darin?"

Ernsthaft? Als Antwort ziehe ich eine Augenbraue hoch. „Das spiele ich schon, seit ich einen Controller halten konnte."

Lachend steht Sebastian nun vom Boden auf. „Tja, das gibt mir dann wohl mindestens zwei Jahre mehr Übung als dir. Du hast keine Chance, Iceland."

Mit einem kleinen Grinsen im Gesicht stelle ich die

Sprite-Dose auf den Tisch zurück und hole die beiden Controller von der Ablage unter dem Glastisch heraus. Einen halte ich ihm hin, Sebastian kommt herüber und nimmt ihn entgegen. „Springst du aus dem Fenster, wenn ich mich zu nahe neben dich setze?", zieht er mich auf und ich bemerke dabei, wie seine Finger über meine streifen, doch es wirkt nicht beabsichtigt. Trotzdem fühlt es sich nett an.

„Wahrscheinlich", gebe ich zu, froh, dass es sich nur zu dreißig Prozent ehrlich anhört und der Rest nach einer sarkastischen Antwort auf seine Stichelei. Er sieht dennoch davon ab, sich direkt neben mich zu setzen, und lässt sich stattdessen auf den angeschlossenen Teil der Couch fallen. Das wiederum bringt ihn in die bessere Ausgangsposition für das Videospiel, denn von dort aus sieht er direkt zum riesigen Flachbildschirm, während ich von meinem Platz aus den Kopf nach rechts drehen muss. Verdammt.

Wir gehen online und loggen uns in unsere Spieler-Accounts ein, dann fangen wir gleichzeitig an zu lachen, weil uns bewusst wird, dass wir beide unsere echten Wagen für das Rennspiel nachgebaut haben. Es steht nun ein aufgemotzter weißer Honda neben einer bodentiefen carbongrauen Corvette an der Startlinie und beide warten auf das grüne Licht, das das Rennen startet.

Wir absolvieren ein paar Trainingsrunden, wobei wir jeweils den anderen auf der Straße abchecken. Sebastian ist gut. Mit Sicherheit genauso gut wie ich. Ob er besser ist? Hm, das bezweifle ich. Zwei Runden lang übernehme ich die Führung und er rutscht mir dabei so knapp auf, dass er meine Abgase schnuppern kann. „Was ist los?", necke ich ihn, alles perfekt unter Kontrolle. „Nicht genug Power unter der Haube, um zu überholen?"

„Und ob, Schneeflocke", raunt er mit einem Grinsen in der Stimme. „Ich genieße nur die hübsche Aussicht auf deinen heißen Arsch. Ich ficke immer von hinten."

Mit überweiten Augen schnappt mein Kopf zu seiner Seite. Den Wagen schrotte ich dabei gegen eine Hausmauer. Sebastian lacht, während er an mir vorbeizieht und zehn Sekunden später über die Ziellinie prescht.

Er zwinkert mir zu. Sein Lachen ist dabei zu einem anziehenden Lächeln verebbt. Während ich eine neue Trainingsrunde aufsetze, lehnt er sich nach vorn, greift nach der Sprite und nimmt einen Schluck. Als beide Wagen wieder vor den Startlichtern warten und der Countdown auf dem Bildschirm erscheint, setzt er die Dose zurück an die exakt selbe Stelle, wo sie war, und lehnt sich in die Couch zurück, um erneut gegen mich anzutreten.

Wir geben beide unser Bestes und es ist fast unmöglich zu sagen, wer der bessere Spieler ist. Es ist schön ... das hier. Ausnahmsweise mal mit ihm zu lachen, im selben Zimmer mit ihm zu sitzen und nicht in Panik zu geraten, wann immer er sich ein kleines Stück bewegt. Ich fange ernsthaft an, den Abend zu genießen — und auch das Teilen meiner Limo. Meinen Mund auf die Stelle zu drücken, wo seine Lippen nur wenige Minuten zuvor waren, beschwört jede Menge kribbelnder Erinnerungen herauf. An Küsse und Berührungen und daran, wie er sanft zu mir sagte: *„Dann würde ich dich sehr gerne wiedersehen ..."*

Nach einer halben Stunde einfachen Trainings auf verschiedenen Strecken greife ich noch einmal nach der Sprite und Sebastian meint: „Bereit für ein richtiges Rennen?"

Weil die Dose so leicht ist, schüttle ich sie kurz. Mist, leer. „Sicher." Ich stehe von der Couch auf und lege den Controller auf den Tisch. So wie Sebastians Füße auf dem Tisch liegen, blockieren mir seine Beine den Weg und ich muss darübersteigen, um vorbeizukommen. Für einen Moment bringt mich das in eine sehr seltsame Position. Sebastians anzügliches Grinsen ist keine große Hilfe, als sich unsere Blicke treffen. Ich räuspere mich und hebe das zweite Bein über seine, um endlich in die Küche zu kommen. „Such dir eine Runde aus."

Ein elektronisches Piepen ertönt hinter mir, als er durch das Menü klickt, um die passende Rennstrecke auszuwählen, und dann zwei Spieler einstellt. In der Zwischenzeit gehe ich zum Kühlschrank und nehme zwei Sprite-Dosen heraus. Mit einer in jeder Hand bleibe ich jedoch reglos stehen und betrachte beide für einen kurzen

Moment. Dann kommt eine wieder ins Regal und ich kicke die Tür zu.

Zurück im Wohnzimmer öffne ich die Limo, stelle sie auf den Tisch, um meinen Controller zu nehmen, und setze mich neben Sebastian. Ich will nicht schon wieder über seine Beine steigen. Außerdem ist das wirklich der beste Platz für Videospiele.

Mir entgeht nicht, dass er den Kopf leicht in meine Richtung dreht. Das kleine Lächeln, das dabei schief auf seinen Lippen sitzt, sieht umwerfend aus. Ich erwidere ein schmales Grinsen und drehe mich dann nach vorn, wo das Spiel wartet. „Bereit?", frage ich.

„Bereit geboren." Sebastian beendet den Pausemodus und der Countdown beginnt. Die Motoren unserer beiden Autos heulen ungeduldig auf, bis endlich das große, weiße *GO* auf dem Bildschirm erscheint.

Genau wie in den vielen Testrunden zuvor ist es auch jetzt wieder ein Kopf-an-Kopf-Rennen, außer, dass Sebastian diesmal keine Zeit damit verscheißt, an meinem Heck rumzuschnüffeln. Unsere Autos rasen die Straße entlang, nehmen Haarnadelkurven mit waghalsiger Geschwindigkeit, driften in eleganten Bögen und gehen wieder aufs Gas. Die halbe Strecke liegt bereits hinter uns, als Sebastian plötzlich und ohne Vorwarnung meint: „Der Gewinner hat einen Wunsch frei."

Es bleibt keine Zeit, um ihn verblüfft anzustarren, sonst

riskiere ich wieder, meinen Wagen zu schrotten, aber sofort setzt ein unangenehmes Prickeln in meinem Nacken ein. Nicht, weil ich nicht gerne einen Wunsch freihätte, falls ich gewinne. Ich bezweifle nur, dass mir gefallen wird, was Sebastian von mir verlangt, falls ich verliere. Ich kann nicht einmal Einspruch erheben, aber dem Klang seiner Stimme nach, würde er ihn sowieso nicht gelten lassen. Also richte ich meine volle Konzentration auf das Rennen und dreißig Sekunden später schießt die Corvette über die Ziellinie. Ich habe die Runde sogar mit meiner persönlichen Bestzeit absolviert.

Leider war das immer noch eine Dreizehnhundertstel-Sekunde langsamer als Sebastian. „Fuck!"

Er wirft die Arme samt Controller in die Luft und jubelt: „Winner!" Ja, er ist richtig gut darin, Salz in meine Wunden zu reiben.

Schmollend lasse ich die Hände in meinen Schoß fallen und funkle den Bildschirm an, auf dem gerade ein Feuerwerk für Sebastians Honda in die Luft gejagt wird. Ich war schon immer ein schlechter Verlierer. Gelassen klopft mir Sebastian auf den Schenkel. „Nimm's nicht so schwer, Schneeflocke. Du kannst nicht immer gewinnen." Dann greift er nach der Limo und trinkt einen Schluck.

Ich sitze immer noch bewegungsunfähig neben ihm und starre nun auf die Stelle, wo eben noch seine warme Hand gelegen hat. Plötzlich schlägt mein Herz so schnell, als wollte es statt der Corvette das nächste Rennen gewinnen.

Es ist total merkwürdig, dass seine Berührungen immer zwei so völlig unterschiedliche Gefühle in mir hervorrufen.

Akute Panik.

Und den Nervenkitzel, es noch einmal zu versuchen.

„Na gut, was hast du für einen Wunsch?", will ich wissen und drehe mich dabei mit einem zynischen Grinsen zu ihm. „Pizza zum Abendessen?"

„Nicht ganz." Lachend lehnt er sich zurück und sieht mich dann eine gefühlte Ewigkeit lang an. Seine Lippen bleiben dabei in einem ganz leichten Lächeln, aber die eigentliche Wärme strahlt aus seinen Augen. Ich weiß nicht, wie er das macht, aber ich kann nicht wegsehen.

Er ist mir so nahe, dass nur einer von uns seinen Arm ein wenig bewegen müsste, damit wir uns berühren. Und je länger wir uns in die Augen sehen, umso größer wird das Verlangen in mir, genau das zu tun.

„Scheiße, Sebastian, jetzt sag schon, was du willst, sonst sterbe ich hier!"

Ein weiterer Moment zieht vorüber. Er liebt es, mich zu quälen. „Nervös?"

Er hat ja keine Ahnung, wie sehr!

„Nein." Ich strenge mich an, um cool zu bleiben. Ein langsamer Atemzug hilft dabei. „Denn ich werde dich nicht anfassen. Oder zulassen, dass du mich anfasst. Das ist Zeug für den Playroom, nicht für den Rest meines Apartments."

„Ist das deine größte Angst?" Er möchte es wohl wirklich gerne wissen, denn diesmal klingt kein Spott in seiner Stimme. „Berührungen?"

„Im Moment? Ja." Ich drücke mich von der Couch hoch und hole mir ein Wasser aus der Küche. Für heute Nacht hatte ich genug von dem süßen Zeug. „Also nenn mir deinen Wunsch und dann lass uns weiterspielen."

Schweigend wartet er, bis ich zurückkomme, und beobachtet dabei jeden meiner Schritte. Bis ich wieder neben ihm sitze, haben sich seine Lippen zu einem kleinen Lächeln gekrümmt. „Na schön. Dann möchte ich, dass du etwas machst."

Während er den letzten Schluck aus der Sprite-Dose nimmt, wandern meine Brauen fragend nach oben. Mit der leeren Dose in der Hand säuselt Sebastian: „Erzähle jemandem, dass du mit dem Gedanken spielst, mit mir auszugehen."

Ich muss lachen. „Ja, leck mich!"

„Später", verspricht er mit einem tief-leidenschaftlichen Blick.

Schlagartig bekomme ich eine Gänsehaut. *Überall.* Ich schlucke laut und er lächelt nur.

„Na, mach schon", fordert er mich auf. „Wir können zu deinen Nachbarn gehen, oder auch runter auf die Straße und du erzählst es einfach irgendeinem Fremden. Du hast die Wahl."

„Das kann unmöglich dein Ernst sein."

Doch das ist es.

Agh. Grübelnd ziehe ich meine Unterlippe zwischen die Zähne. „Einfach *irgendjemandem* auf der Welt?"

„Irgendjemandem, der *lebt* und *atmet.* Und es darf nicht Tanja sein", stellt er klar und fängt an zu grinsen. „Du darfst auch gerne deine Eltern anrufen, wenn du möchtest."

Als ob! Aber das Telefon bringt mich da auf eine Idee. „Na schön. Herausforderung angenommen", erwidere ich leicht zynisch. „Weißt du, wie man *Fortnite* spielt?"

Mit skeptisch gekrümmten Augenbrauen nickt er und so drücke ich ihm den Controller erneut in die Hand, schnappe mir meinen und logge uns ins Spiel ein. Es dauert nur eine Minute, um einen neuen Spieler-Account für Sebastian zu erstellen, und als Nächstes stelle ich ihn meinem Team vor. Oder zumindest dem Teil davon, der gerade online ist. Carol mit dem *Sailor Moon* Profilbild und Tom, der eins von sich selbst verwendet, auf dem sein Gesicht allerdings von einer Yankees Kappe verdeckt wird.

Für jene Tage, wenn Felix mal wieder hier ist und wir irgendwelchen Scheiß zu zweit spielen, liegt immer ein Extra-Headset auf dem Regal. Ich setze meines auf und gebe Sebastian das andere, dann schalte ich das Mikro ein und sage: „Hi Leute!"

Carol jubelt, sobald sie merkt, dass ich online bin, und Thomas grummelt ein „Hallo" im tiefsten schottischen

Akzent, den man auf der Insel findet.

„Ein Freund ist zu Besuch und würde gerne als Gastspieler in unser Team kommen. Ist das okay?"

Sebastian aktiviert sein eigenes Gaming-Headset und fängt an zu lachen. Offenbar hat er inzwischen geschnallt, wie genau ich plane, die Aufgabe zu erledigen. Nachdem ihn meine beiden Mitspieler in unserer kleinen Gruppe willkommen geheißen haben, feuert Carol auch schon die erste Frage auf Sebastian ab. „Sag mal, könntest du mir bitte einen riesigen Gefallen tun? Erzähl uns, wie Raffael aussieht!"

Ich versuche gar nicht erst, mein Schmunzeln zu unterdrücken, weil ich wusste, dass das kommt. Sie versucht schon seit über einem halben Jahr eine Beschreibung aus mir herauszuquetschen. Auf meinem Profil ist nur ein Foto von der Corvette vor einem goldenen Sonnenuntergang zu sehen und, ganz ehrlich, ich habe es bisher immer genossen, sie ein bisschen zu triezen.

„Tja, Carol, ich glaube, du wärst von Raffael hingerissen. Er ist ein sexy Isländer", erzählt er ihr und dreht sich dabei mit einem dämlichen Grinsen zu mir. „Er sieht aus wie eine echte Schneeflocke. Schlank und groß, so richtig nordländisch und blond ... mit einem Lächeln, für das es sich zu sterben lohnt."

Obwohl ich bei seiner Beschreibung leicht die Stirn runzle, kann ich nicht verhindern, dass sich trotzdem ein kleines Lächeln durchkämpft. Es kommt von dem warmen Gefühl, das sich durch seine Worte in meiner Brust ausgebreitet hat. Einen Moment später halte ich immer noch seinen Blick, spreche aber ins Mikro. „Übrigens ... Ich spiele mit dem Gedanken, mit Sebastian auszugehen. Und ja, er hat mich gezwungen, das zu sagen, weil ich ein Rennen gegen ihn verloren habe und er schon die ganze Zeit versucht, mich davon zu überzeugen, dass ich eigentlich an Jungs interessiert bin."

Das Lachen meiner Freunde dringt durch die Kopfhörer. Sebastians Lachen kann ich sogar in Dolby Surround hören, innen und außen.

„Und, bist du?", fragt Thomas locker, ohne verurteilenden Unterton, wofür ich ihm dankbar bin.

„Was, schwul?"

„Ja."

„Da bin ich mir nicht so sicher", antworte ich auf eine sarkastische Art, die ganz eindeutig *Nein* bedeutet.

„Macht nichts", klinkt sich Sebastian ein, dessen Fokus nun auf dem Spiel liegt, das wir inzwischen gestartet haben. Sein Ton ist verspielt, als er meint: „Ich helfe ihm schon, es herauszufinden."

Carol kichert in ihr Mikro. Ich möchte lieber nicht wissen, welche Art von Kopfkino er ihr mit dem Kommentar gerade eben gemacht hat.

Gemeinsam machen wir uns auf Zombiejagd und rotten

eines ihrer Lager aus. Aber es kommen schon weitere dieser Hirnfresser aus dem Hinterhalt und plötzlich sind wir alle im Wald in der Nähe des Forts umzingelt. Verdammt, wir brauchen Leo und George. Sieht nicht so aus, als würden wir hier noch lebend rauskommen.

Mit dem trockenen Satz: „Iceland, wir haben ein Problem", bringt mich Sebastian zum Lachen.

Doch dann klingelt sein Handy und nachdem er es aus der Hosentasche gezogen hat, um kurz den Anrufer zu checken, schiebt er das Headset vom Kopf in den Nacken. „Sorry, Leute, da muss ich rangehen." Er stellt den Anruf auf Lautsprecher zwischen uns, um seine Hände weiter fürs Spiel freizuhaben. „Hi, Claudia. Was gibt's?"

Auf dem Display ist das Bild einer Frau Mitte dreißig, mit schwarzen Haaren und denselben Augen wie Sebastians. Sie trägt ein kleines Mädchen auf dem Arm. Beide lächeln für die Kamera; die Zweijährige hinter dem Schnuller in ihrem Mund.

„Hey, Bash. Hast du eine Minute? Michelle spricht schon den ganzen Tag nur von dir. Ich bezweifle, dass ich sie zum Schlafen bekomme, wenn du ihr nicht Gutenacht sagst."

„Klar, mach mal lauter." Er wartet eine Sekunde, konzentriert sich dabei auf den Bildschirm, versucht immer noch, unser Zombieproblem zu lösen, und fährt dann fort: „Hey, Baby-Doll! Was läuft?"

Sofort erklingt ein überraschtes und hocherfreutes Baby-„Maah“ um einen Schnuller herum aus dem Lautsprecher. Es zieht automatisch meine Mundwinkel nach oben.

„Du willst nicht ins Bett?“

„Bash … kommt?“

„Nicht heute Nacht, Zuckermaus, aber bald. Versprochen.“ Während er mit offensichtlicher Liebe mit dem kleinen Mädchen spricht, akzeptiert nun auch er unseren Untergang auf dem Bildschirm. Der Idiot lässt tatsächlich seinen Avatar auf die Knie fallen und auf diese Weise näher an meinen heranrobben, bis dessen Gesicht in meinen Eiern vergraben ist. Carol und Tom platzen vor Lachen, was nur ich allein hören kann, weil Sebastian sein Headset nicht auf hat.

Ungehindert von meinem Ellbogenhieb gegen seinen Bizeps, grinst er nur verschlagen und spricht weiter mit der Kleinen. „Singst du wieder mit mir, wenn ich komme?“

„Unko, unko, eini Ster …“ kommen die unverständlichen Worte des Mädchens über das Handy, doch die Melodie ihrer Stimme macht klar, dass sie gerade *Funkel, funkel, kleiner Stern* für Sebastian singt.

„Nein, nicht dieses Lied.“ Er lacht. „Du weißt, welchen Song ich meine.“

Ich weiß nicht, worauf ich mich zuerst konzentrieren soll: auf das Spiel oder auf Sebastian, der soeben die süßestes Unterhaltung mit, wie ich vermute, seiner Nichte führt. Die, für die er auch das Einhorn fangen will, wie er mir erzählt hat. Weil wir sowieso schon so gut wie tot sind, entscheide ich mich für Sebastian.

„Wir singen unseren coolen Song zusammen, wenn ich dich das nächste Mal besuchen komme, okay?"

„Such jez?", fragt sie, wobei die Sehnsucht nach ihm deutlich in den zwei Worten mithallt. Er muss ein großartiger Onkel sein, wenn die Kleine ihn so gern hat.

„Nein, nicht jetzt. Ich muss am Wochenende arbeiten, Zuckermäuschen. Aber bald."

„Bash ... wo?" Ihre Stimme wird leiser und als Nächstes ist das Lachen ihrer Mutter zu hören.

„Oh, nein! Jetzt sucht sie dich an der Vordertür", jammert Claudia, hörbar hingerissen.

„Naaawwww ...." Sebastian verzieht das Gesicht mit einem mitleidigen Lächeln. „Hol sie zurück ans Telefon. Ich habe meinen Kuss noch nicht bekommen."

„Ehrlich, Raffael", murmelt mir Carol plötzlich ins Ohr. „Wenn du dir wegen der Schwulensache noch nicht sicher bist, solltest du ihr unbedingt eine Chance mit diesem Kerl geben. Er ist *ummm*werfend!"

Ja, ich kann verstehen, was sie meint. Mein Herz schmilzt tatsächlich auch gerade ein wenig. Nur gut, dass Sebastian nicht gehört hat, was Carol eben gesagt hat. Er würde mich da nie mehr lebend rauslassen.

In der Leitung ertönt ein Rascheln, während Claudia

anscheinend versucht, die Kleine einzufangen und ihr dann sagt, sie soll ihrem Onkel Bash einen Kuss zuwerfen. Folgend erklingt ein sehr lautes Schmatzgeräusch, das mich fast schon mit Carol zusammen seufzen lässt. Sebastian schickt ihr einen Kuss zurück, dann spricht Claudia wieder. „Lass sie nicht zu lange warten. Sie vermisst dich ganz furchtbar."

„Sie fehlt mir auch. Ihr beide." Sebastian nimmt das Handy hoch und macht den Lautsprecher aus, dann hält er sich das Telefon ans Ohr. „Ich rufe dich morgen von der Arbeit aus an, sobald ich weiß, wann ich ein paar Tage frei bekomme ... Drück das Baby .... Ja, mach's gut." Er senkt den Arm mit dem Telefon, wischt über den roten Button zum Auflegen und steckt es zurück in die Hosentasche. Dann setzt er die Kopfhörer wieder auf und entschuldigt sich für die Unterbrechung.

Carol zögert nicht einmal eine Sekunde, ehe sie quietscht: „Bash! Kann ich ein Baby mit dir haben?"

Tom und ich rollen uns vor Lachen, während Sebastian nur anzüglich ins Mikrophon schnurrt. Die zwei flirten noch eine paar Minuten schamlos miteinander, doch irgendwann mische ich mich grinsend ein: „Wir beenden das besser hier, ehe das Spiel noch zu einer Dating-Hotline wird."

„Eifersüchtig?", formt Sebastian mit den Lippen in meine Richtung. In seinen Augen brennt dabei ein freches Feuer.

Als Antwort forme ich nur das Wort: „*Neeein.*“ Dann verabschieden wir uns aber beide von den anderen und ich drehe die PS4 ab.

Erst jetzt fällt mir auf, wie schnell die Zeit verflogen ist. Es ist nach neun Uhr; Sebastian ist bereits seit über drei Stunden hier. Die Sonne ist inzwischen hinter den Dächern der Stadt versunken und ohne brennende Lampen in der Wohnung ist es ziemlich düster.

Wir legen die Headsets und Controller zurück ins Regal unter dem Glastisch und ich überlege, ob ich aufstehen und die kleine Lampe hinter der Couch anmachen soll. Nur finde ich es irgendwie extrem schwer, mich zu bewegen, weil Sebastian mich mit einem Blick festhält, der auf meinem ganzen Körper prickelt. So still und eindringlich.

Es fühlt sich nach einer Ewigkeit an, bis er schließlich leise fragt: „Darf ich mir noch etwas wünschen?“

„Eine weitere Herausforderung?“, ächze ich fast stimmlos.

„So was Ähnliches.“ Er neigt den Kopf ein ganz klein wenig. „Aber diesmal kannst du auch nein sagen. Ich werde dich nicht damit aufziehen.“

Ich schlucke. „Was willst du?“

Und er sagt … „Berühr mich.“

KAPITEL 11

Raffael

„Wo?"

Das Wort kommt als kaum hörbares Flüstern über meine Lippen. Sebastian und ich sitzen im dämmrigen Abendlicht in meinem Wohnzimmer und auf einmal wird mir sein Duft von wilden Wasserfällen und sonnengewärmter Haut viel zu bewusst. Nur einen halben Meter von mir entfernt strecken sich seine Beine über den Spalt zwischen der Couch und dem niedrigen Tisch und während seine linke Hand entspannt auf seinem Bauch ruht, liegt sein anderer Arm auf der Couch neben seiner

Hüfte.

Er will, dass ich ihn anfasse. Und zum allerersten Mal verspüre ich den tiefen Wunsch in mir, diese beängstigende Grenze zu überschreiten und einfach meine Hand nach ihm auszustrecken.

„Wo immer du willst", antwortet er. Seine Stimme legt im Halbdunkel bereits ein Band aus sanfter Berührung um mich. „Es ist auch okay, wenn du einfach nur mein Haar anfasst."

Automatisch zieht mein Blick zu seiner Stirn, wo ein paar chaotische Strähnen über Kreuz liegen. Eine eigenartige Neugier packt mich. Wie würde es sich wohl anfühlen? Weich? Dick? Wenn ich mich jetzt nach vorne lehne, würde es dann auch nach warmen Sommertagen riechen? Mein Herz randaliert in meinem Brustkorb, weil ich zu feige bin, um es herauszufinden.

Ich ziehe die Beine auf die Couch und drehe mich etwas mehr in seine Richtung. In seinen Kastanienaugen spiegelt sich das letzte Licht des Tages und seine vollen Lippen ruhen in einem entspannten, kaum erkennbaren Lächeln. Ein leichter Bartschatten so dunkel wie sein Haar definiert die Kanten seines Gesichts und verleiht ihm einen verruchten Ausdruck.

Ich lasse meinen eigenen Bart niemals wachsen. Er kommt sehr sporadisch und ist so hell, dass ich damit aussehe, als würden mir Daunenfedern im Gesicht wachsen.

Sobald die ersten Stoppeln fühlbar sind, rasiere ich mich immer glatt, was alle drei bis vier Tage passiert.

Es juckt mich in den Fingern, über Sebastians leichten Backenbart zu streicheln, aber sein Gesicht ist ein viel zu gefährliches Terrain, um dort mit meiner ersten Berührung zu beginnen. Die obersten beiden Knöpfe seines schwarzen Hemds sind offen und entblößen die Ausläufe der Maori-Tattoos, die sich von seinem rechten Handgelenk nach oben bis zu seiner Schulter und Brust ziehen. Auf seinem linken Unterarm sind keine. Wo die meisten anderen Leute eine Uhr tragen würden, trägt er nur dieses geflochtene schwarze Lederband. Seine Uhr trägt er rechts, wo sie wie der Abschluss zu den Tattoos wirkt, die erst knapp vor seiner Hand aufhören.

Mich auf meinen Atem zu konzentrieren, hilft mir erst einmal ruhig zu bleiben. Währenddessen hebe ich die Hand und lasse meine Finger wenige Zentimeter über den vielen schwarzen Linien auf seinem Unterarm verharren. Er liegt zwischen uns wie eine bedrohliche Schlange der Versuchung, die ich nun erkunden darf. Mein Blick schweift für eine letzte kurze Vergewisserung noch einmal zu seinem Gesicht zurück. Er hat meine Hand im Visier, doch mit dem nächsten Wimpernschlag finden seine Augen meine und mir wird warm und kalt gleichzeitig. Für einen kurzen Moment heben sich seine Mundwinkel zu einem ermutigenden Lächeln, ehe sie wieder in ihre entspannte

Ausgansposition zurückfallen.

Ganz langsam senke ich meine Hand und fange an, eines der dunklen Maori-Tattoos nachzuzeichnen. Es läuft in zickzack über seine Haut. Ich schiebe meine Fingerspitze die Linie entlang bis zur Mitte seines inneren Unterarms und fühle dabei die Wärme seiner Haut. Mein Herz rast wie irre. Wo dieses Tattoo endet, beginnt ein anderes, das aussieht wie eine Reihe von überlappenden Karos. Deren Umrisse nachzuziehen, gibt mir viel Zeit, mich vorsichtig weiter nach oben zu arbeiten, bis zum hochgekrempelten Ärmel seines Hemds. Er wirkt wie eine Barriere, die mich davon abhält, seine Haut weiter zu erforschen. Nervös beiße ich mir in die Innenseite meiner Wange.

Als würde er spüren, dass ich eine Linie brauche, der ich folgen kann, greift Sebastian vorsichtig an seinen Ärmel und schiebt ihn über seinen Bizeps hinauf. Mein Hals wird etwas trocken. Hier oben befindet sich eine Doppelreihe aus quadratischen Spiralen, die ich weiter verfolgen kann, eine nach der anderen. Sein Arm ist stark und muskulös und verdeutlicht die Kraft, die geradezu von jedem Quadratzentimeter seines Körpers abstrahlt. Es braucht eine Ewigkeit für mich, weiter nach oben zu gelangen, bis mich der schwarze Stoff abermals aufhält. Von hier aus ist es nur ein kurzer Sprung zu der dunklen Tinte auf seinem Schlüsselbein, das unter dem Shirt hervorspäht.

„Warum folgst du diesen Linien?", fragt er mich mit

leiser, rauchiger Stimme.

Einen Moment lang muss ich darüber nachdenken, ehe ich ihm eine ehrliche Antwort darauf geben kann. „Ich finde sie beruhigend.“

„Die meisten Menschen finden sie irritierend. Zu viel Chaos auf einem Haufen.“

Mit Blick in seine Augen, halte ich meine Finger still. „Nein. Es liegt eine wunderschöne Ordnung in diesem Chaos.“ Mein Atem geht flach, aber langsam.

Sein stiller Blick fordert mich auf, weiterzumachen, und er hält gleichzeitig auch ein Versprechen darin. Eines, das besagt, er wird mich nicht dazu zwingen, jemandem davon zu erzählen, dass ich ihn berührt habe, und dass es mir vielleicht sogar besser gefallen könnte, als ich gerne zugeben möchte.

Zögernd hebe ich die Hand und setze die Spitze meines Zeigefingers auf den äußersten Rand der Tätowierung auf seiner Brust. Innerhalb der zwei offenen Knöpfe ist genug Tinte, die ich nachzeichnen kann. Während ich meine Finger über den ganzen Bereich innerhalb seines auseinanderklaffenden Kragens ziehe, drückt die Stille im Raum gegen meine Ohren. Herr Jesus! Was mache ich hier nur?

Sebastian beobachtet mich dabei die ganze Zeit. Ich spüre seinen Blick in meinem Gesicht, während ich mich auf die Maori-Tattoos konzentriere. Ich schwöre, er weiß ganz genau, was ich tun werde, noch ehe ich es selbst weiß, denn er legt seine Hand in dem Moment über meine, als ich daran denke, sie von ihm wegzuziehen.

Ein prickelnder Schauer durchläuft mich und ich halte den Atem an. Seine Handfläche ist etwas rau, sein Griff aber sanft. Verdammt, mein Mund wird ganz trocken. Ich lasse ihn meine Finger weiter nach unten bewegen und fühle, wie er dabei den dritten Knopf seines Hemds mit unserer beider Hände aufmacht, unsere Finger fast ineinander verschlungen. Nachdem dann auch der vierte Knopf offensteht, lässt er meine Hand auf seinem Tattoo liegen, das nur einen Teil seiner Brust bedeckt und mit der Rundung des Brustmuskels abschließt. Die restlichen Knöpfe öffnet er allein, bis die zwei Enden des dünnen, schwarzen Shirts an beiden Seiten seines Oberkörpers hinunterrutschen und seinen flachen, harten Bauch freilegen.

Seine glatte Haut ist makellos an dieser Stelle — tattoolos. Meine Finger stoppen am Rande der dunklen Tinte. Ich kann nicht weiter runter. Es geht einfach nicht.

Als Sebastian sich plötzlich nach vorne lehnt, zuckt meine Hand zurück. Er streckt den Arm nach dem blauen Kugelschreiber auf meinem Notizblock auf dem Tisch aus und sinkt dann wieder in seine halb-liegende Ausgangsposition zurück. Mit entschlossenem Blick an sich selbst hinunter beginnt er, eine Zickzacklinie auf seine Haut zu zeichnen, direkt unterhalb seines Brustbeins.

Sofort runzle ich die Stirn. „Was machst du denn da?“

Sebastian grinst verschlagen, doch er sieht nicht zu mir auf. „Ich male dir eine Straße, der du folgen kannst.“

What the fuck?

Ich schlage mir die Hände vors Gesicht und lache laut, während ich durch die Schlitze zwischen meinen Fingern an die Decke blicke. Dann lasse ich meine Arme fallen und stehe auf, doch Sebastian greift rasch nach meinem Handgelenk und zieht mich zurück auf die Couch. Mein Kopf zuckt zur Seite und ich sitze wie gebannt da, als er meine Hand festhält. „Lauf nicht weg“, bittet er sanft und neigt den Kopf, die Augenbrauen leicht nach unten gezogen.

„Mache ich nicht. Ich wollte nur ...“ *Aufstehen und in die Küche fliehen, wo ich mich in den Kühlschrank setzen und abkühlen kann. Und das möglichst schnell.* Okay, vielleicht klingt das ein wenig nach Weglaufen, aber ich weiß wirklich nicht, was ich hier eigentlich tue. Fuck, Sebastian ist ein Kerl. *Ein. Mann!* Und ein verdammt gutaussehender noch dazu. Wenn ich nur daran denke, ihn noch einmal zu berühren, schießen so heftige Adrenalinwellen durch meinen Körper, dass ich glaube, ich halte das nicht mehr lange aus. Am liebsten würde ich mich gleich selbst ohnmächtig knocken, indem ich mit dem Kopf an die Wand renne.

„Manchmal, wenn du mich so ansiehst", beginnt Sebastian und schenkt mir ein kleines Lächeln dabei, „würde ich zu gerne wissen, woran du gerade denkst."

Ich blinzle mich aus meinen erdrückenden Gedanken frei und lasse mich einen Moment lang nur von seinem Blick tragen. „Kühlschrank. Wände. Ohnmacht ...", murmle ich und schließe dann seufzend die Augen.

Der leise Klang seines Schmunzelns ist etwas, woran ich mich in stillen Momenten wie diesem gewöhnen könnte. Es klingt beruhigend. Und schön.

Die Ledercouch quietscht, als Sebastian sich aufsetzt. Ganz plötzlich schmiegt sich seine Hand an meine Wange und die Seite meines Nackens. Meine Lider öffnen sich einen Spalt und ich fixiere das Loch in seinen ausgewaschenen Jeans.

Er beugt sich nach vorn, nahe an mein Ohr, und seine Lippen streifen in einem rauen Flüstern über meine Haut. „Genug Berührungen für heute Nacht." Er drückt sich von der Couch hoch und zieht einmal kurz beide Augenbrauen nach oben, während er sein Shirt wieder zuknöpft. Er bemerkt, wie ich ihn anstarre, und presst die Lippen einen Moment aufeinander. „Mach's gut, Raff." Dann verschwindet er zur Tür hinaus und schließt sie leise hinter sich.

Ich starre sekundenlang auf die silberne Türklinke, ehe mir schließlich ein Seufzen entweicht. Die Augen fest zugekniffen, kippe ich seitlich gegen die Couchlehne. Ach du heilige Scheiße!

Das Ganze gerät gerade so dermaßen außer Kontrolle. Männer in meinem Apartment. Jungs, die mich verführen. Na ja, einer … Aber der hat dafür ein Lächeln, das mich komplett aus der Bahn wirft. Jedes verfluchte Mal. Und es gibt nichts, was ich tun könnte, um alles wieder ins Lot zu rücken. Um mich selbst – und vor allem meine Gefühle – wieder auf Anfang zurückzusetzen. Wo soll das denn alles noch hinführen? Dahin, dass ich wirklich davon träume, einen Kerl zu küssen? Dass ich mich danach sehne?

Tja, herzlichen Glückwunsch. So weit sind wir bereits.

Frustriert schnaubend streife ich mir mit den Händen durch die Haare und gehe dann nach oben, um eine Dusche zu nehmen. Eine lange. Eiskalt. Mein Körper friert dabei schon fast ein, aber es hilft einen verdammten Scheiß gegen die kreisenden Gedanken in meinem Kopf. Himmel, ich bin im Arsch.

Eine halbe Stunde später mache ich mir ein Sandwich und pflanze mich damit vor den Fernseher. Ablenkung. Das ist es. Ich brauche einfach nur Ablenkung. Notfalls könnte ich ein wenig *Fortnite* spielen, aber dann würde Carol nur auf der Sache mit Sebastian rumreiten und das wäre auch keine sehr große Hilfe. Stattdessen greife ich mir die Fernbedienung und zappe durch die Kanäle. In den Nachrichten läuft wieder ein Bericht über die bevorstehende

Gay Pride Parade, doch *dafür* habe ich gerade echt keinen Nerv. Irgendwo finde ich einen Thriller, den ich zwar schon dreimal gesehen habe, aber der ist immer noch gut und hält mich beschäftigt.

Bis mein Handy auf dem Couchtisch piept.

Minutenlang starre ich auf das kleine blaue Licht, das in einem langsamen Intervall blinkt. Die ganze Zeit über kommt es mir so vor, als würde mein Herz gerade in meinem Hals Trampolin springen. Was, wenn das eine Nachricht von Sebastian ist?

Aber wenn ich absolut ehrlich bin, ist das nicht der Grund, warum ich gerade so nervös bin. Viel eher ist es die Möglichkeit, dass sie *nicht* von ihm sein könnte. Und dann ...? Wäre ich enttäuscht? Mit zusammengepressten Lippen schließe ich die Augen und seufze, denn ...

Ich denke, das wäre ich.

Nach ein paar tiefen Atemzügen lehne ich mich nach vorn und hole mein Handy, um endlich die Nachricht zu lesen. Das Grinsen, das darauffolgt, löst in mir den Wunsch aus, mich selbst zu erschießen. Das ist so vollkommen irre. Und trotzdem ... Auf eine gefährliche, beängstigende Weise ist es schön.

Ich lese Sebastians Worte einige Male hintereinander und lasse dann meine Daumen über die Tastatur jagen, um eine Antwort zu tippen.

Sebastian

Lebst du noch, oder bist du vom Dach gesprungen, nachdem ich gegangen bin?

Ich

Ich lebe noch.

Sebastian

Aber du hast daran gedacht ...

Ich lecke mir über die Lippen und muss lachen.

Ich

Oh ja, habe ich. Tatsächlich kreist der Gedanke immer noch in meinem Kopf.

Sebastian

:-)

Ich

Findest du das witzig?

Sebastian

Nein. Ich finde das ziemlich sexy.

Ich rutsche tiefer in die Couch, stelle den Fernseher

stumm und winkle die Knie an. Die Füße auf der Tischkante abgestellt, halte ich das Handy gegen meine Oberschenkel, während ich schreibe.

Ich

Dass du mich dazu bringen kannst, von Dächern zu springen?

Sebastian

Dass ich dich dazu bringen kann, deine eigenen Regeln zu brechen. Und deine Grenzen zu überschreiten.

Ich

Was denkst du, sind meine Grenzen?

Shit. Was denke *ich*, dass sie sind?

Sebastian

Im Moment? Ich glaube, ein Kuss würde dir ziemlich schwer fallen.

Okay, kommt relativ nahe. Ich runzle die Stirn. Wie zur Hölle kann er mich so gut kennen? Er liest mich wie ein Automagazin – mit zu vielen expliziten Bildern darin. Ich atme tief durch und ziehe meine Unterlippe zwischen die Zähne.

Ich

Der steht nicht in den Sternen.

Sebastian

Noch nicht. ^^ Aber das ist okay. Wir gehen das langsam an.

Ich

Langsam? Ich musste dabei zusehen, wie du meine Freundin vögelst.

Gott, so viele Erinnerungen schwappen über mich herein, dass ich die Augen zukneifen muss und stöhne ... denn es formt sich gerade eine Beule in meinen Jeans. Ich halte das Handy etwas höher gegen meine Schenkel und funkle die Ausbuchtung böse an. *Geh weg! Ich kann dich jetzt nicht gebrauchen!* Vielleicht sollte ich noch mal eine Dusche nehmen. In einem Fass voller Eiswürfel.

Sebastian

Ich hätte viel lieber dich statt Tanja unter mir gehabt.

Die Vorstellung gefällt mir nicht. Aber ich mag, dass er darüber nachdenkt. *Agh!* Kann mich bitte jemand erschießen? Jetzt sofort!

Ich

Glaubst du wirklich, das wäre möglich?

Sebastian

Alles ist möglich, solange Island nicht wieder seine Grenzen schließt.

Ich

Das ist wirklich schwer. Alles daran, verstehst du? Ich weiß kaum noch, was ich hier mache.

Sebastian

Zittern deine Hände gerade?

Merkwürdige Frage. Mit schmalen Augen blicke ich auf meine Finger. Dann muss ich lachen und tippe weiter, wobei ich mit einem Smiley beginne, der seine Augen beschämt verdeckt.

Ich

Ein wenig ...

Sebastian

Raff?

Ich

Bash?

Sebastian

Würdest du mit mir ausgehen?

Fuck, nein!

Meine Augen springen auf wie Popcorn. Ich schnappe nach Luft und fahre mir durch die Haare. Er muss wohl schon die zweite Flasche Whiskey intus haben, wenn er wirklich glaubt, es bestünde jemals die Chance. Oder ... *Gooott!*

Ich

Ähm ...

Sebastian

Komm schon, du musst keine Angst haben. Das wird kein romantisches Date. Nur irgendwohin gehen und was zusammen machen.

Meine Antwort dauert ihm wohl zu lange, denn er bricht die Balance der Unterhaltung und schreibt noch eine weitere Nachricht.

Sebastian

Aber wir können auch gerne ins Kino gehen und uns Disney's Cars anschauen, wenn dir das lieber ist. :P

Ja, den Smiley mit der rausgestreckten Zunge kann er sich in den Arsch schieben. Dennoch bringt mich sein Vorschlag zum Nachdenken und bald schon ziehe ich den Atem durch zusammengebissene Zähne ein.

Ich

Einfach irgendwohin gehen? Wie etwa ... zu einer Clubparty?

Sebastian

Klingt nach einem guten Anfang.

Ich

Das Studiensemester ist endlich vorbei. Morgen findet eine kleine Abschlussfeier im Knockout in Soho statt.

Dort wird es vor Studenten nur so wimmeln, hauptsächlich Leute, die ich nicht einmal kenne. Ich gehe mit Tanja und Felix hin. Es macht ihnen bestimmt nichts aus, eine Weile mit Sebastian abzuhängen.

Sebastian

Cooler Club. Willst du dich dort mit mir treffen?

Was ich wirklich will, ist, mein Leben zwei Wochen zurückzuspulen und wieder der Typ zu sein, der ich dreiundzwanzig Jahre lang war. Aber ...

Ich

Ja

Und dann tippe ich noch ganz schnell eine weitere Nachricht, um ihm zuvorzukommen, als die Punktewelle unter seinem Namen bereits wieder erscheint.

Ich

Aber das bedeutet nicht, dass wir zu einem Date gehen, Händchen halten, oder sonst irgend so einen Scheiß zusammen machen. Verstanden? Wir treffen uns dort, wir reden, wir hängen zusammen ab. Das ist alles.

Sebastian

LOL. Beruhig dich, Schneeflocke. Ich werde dich nicht küssen.
In der Öffentlichkeit ...

Oh mein *Gott.* Ich verdrehe die Augen und stöhne.

Ich

Nacht, Bash.

Sebastian

Nacht, Iceland.

Sebastian

P.S. Deine Finger haben sich heute unglaublich auf mir angefühlt.

Ich lasse den Kopf nach hinten fallen, mache die Augen zu und spüre eine sengende Hitze über meinen Nacken hochsteigen.

KAPITEL 12

Raffael

Der Tag verfliegt geradezu und ganz egal, wie sehr ich auch versuche, die Stunden festzuhalten, der Abend kommt viel zu schnell. Nach einer Dusche hole ich ein weißes Poloshirt aus meinem Kleiderschrank, wo Rosa am Nachmittag die frisch gewaschene Wäsche wieder verstaut hat, und ziehe es an. Der Saum hängt locker über den Bund meiner blassblauen Jeans. Hinterher kehre ich ins Bad zurück, streife mir durch das Chaos auf meinem Kopf und blicke mir dann auf das Waschbecken gestützt selbst im Spiegel in die Augen.

Scheiße, ich bin einfach noch nicht bereit dafür.

Ich richte mich auf und verschränke die Finger in meinem Nacken, lasse den Kopf nach hinten baumeln und blinzle an die Decke.

Klar habe ich Sebastian gesagt, dass das hier kein gottverdammtes Date oder dergleichen ist, sondern nur ein bedeutungsloses Treffen irgendwo in einem Club. Aber ich bin auch nicht blöd. Ich weiß, was seine Absichten sind. Vielleicht hatte er keine Chance, mich Anfang der Woche im Playroom zu vögeln, das bedeutet aber nicht, dass er nicht trotzdem davon träumt.

Und ich … Ich weiß ehrlich gesagt nicht mehr, wovon ich überhaupt träume. Sicher ist nur, dass ganz plötzlich viel zu viele Maori-Tattoos darin vorkommen.

Nachdem ich im Bad das Licht ausgeknipst habe, laufe ich runter, wo ich in meine dunkelblauen Adidas schlüpfe, mir die Autoschlüssel schnappe und endlich die Wohnung verlasse. Tanja und ich wollten um spätestens zehn im Club sein. Es ist bereits viertel nach. Sie wird mich umbringen. Oder mich auslachen, weil ich *niemals* zu spät komme.

Ich fahre die paar Blocks zu ihrem Apartment, parke am Randstein und lasse den Motor laufen, während ich ihr eine Nachricht schicke: *Komm runter, Kürbis. Dann kannst du mit Cinderellas Hottie mitfahren.*

Zwei Minuten später geht die Tür auf und Tanja wirft sich in den Beifahrersitz. Die Kleine sieht fabelhaft in engen

Jeans und diesem noch engeren, einfachen grauen T-Shirt aus. Sie grinst mir breit ins Gesicht. „Hi, Cinderella." Ihr schwarzer Pferdeschwanz rutscht über ihre Schulter, als sie provokativ das Handschuhfach streichelt und ihre Stimme dabei zu einem liebevollen Flüstern senkt. „Hi, Hottie."

„Ha. Ha." Während sie sich anschnallt, packe ich sie an der Innenseite ihres Oberschenkels und kneife sie ordentlich, bis sie quietscht und meinen Arm wegschlägt. Dann lege ich die Hand auf den Ganghebel, blicke kurz in den Seitenspiegel und führe die Corvette anschließend sanft in den Verkehr. Das *Knockout* liegt nicht weit von hier, nur ein paar Minuten mit dem Wagen.

„Du bist spät dran", meint Tanja. Der fragende Klang ihrer Stimme spricht Bände.

„Ja." Ich will dazu nicht mehr sagen. Es ist einfach nur demütigend.

Aber natürlich lässt sie das Thema nicht so einfach gehen, egal, wie konzentriert ich auf die Rücklichter des Doppeldeckerbusses vor uns starre. „Das bist du sonst nie."

„Tja, heute schon."

„Warum?"

„Herrgott, Tanja! Können wir bitte über etwas anderes reden?" Ich vermeide es, sie anzusehen, obwohl ihr neugieriger Blick gerade ein Loch in meinen Schädel bohrt. Davon abgesehen kennt sie die Antwort. Heute Früh hat sie mich über eine Stunde am Telefon genervt, nachdem sie gehört hat, dass Sebastian womöglich zu unserer Semesterabschlussfeier kommt. Sie wollte jedes klitzekleine Detail über meine Zeit mit ihm auf der Couch aus mir herausquetschen. Und sie ist gut …

„Jetzt sei nicht so negativ!", schimpft sie mich und sieht endlich nach vorne – für etwa zweieinhalb Sekunden. Dann zuckt ihr Kopf wieder zu meiner Seite und ein sonniges Lächeln zieht sich durch ihre Stimme. „Es ist süß, dass du so lange gebraucht hast, um dich für Sebastian hübsch zu machen. Und er wird es ebenfalls zu schätzen wissen. Du siehst *schaaarf* aus! Ich habe dir schon eine Million Mal gesagt, dass du viel öfter Poloshirts tragen solltest."

„Ich habe nicht so lange gebraucht, weil ich mich für ihn aufgebrezelt habe", knurre ich und werfe ihr dabei seitlich einen finsteren Blick zu, der normalerweise eine Disziplinierung für später verspricht. „Ich habe nach einer Entschuldigung gesucht, um nicht hingehen zu müssen."

„Ja, das sagst du. Aber ich wette, dein Herz schlägt Purzelbäume, wenn du nur an ihn denkst."

Mit schmalen Lippen sehe ich kurz zu ihr, drehe mich dann aber wieder nach vorne, weil sie den Nagel auf den Kopf getroffen hat.

Fuck! Mein Leben ist diese Tage ein einziges Desaster.

Felix weiß noch nichts von unserem Extragast. Ich frage mich, ob ich ihm weismachen kann, dass es reiner Zufall ist, wenn Sebastian dort auftaucht. Vermutlich nicht.

Während ich langsam die Straße entlangfahre, in der sich der Club befindet, und dabei die Seiten nach einem Parkplatz absuche, greift mir Tanja plötzlich an den Arm. Ich zucke dabei fast aus meiner Haut. Keine Ahnung warum. Vielleicht, weil sie das niemals tut, wenn ich fahre. Oder aber, weil ich heute Nacht einfach viel zu nervös bin.

Ihr eindringlicher Blick verspricht, dass, was immer sie auch gleich von der Stange lässt, keine Antwort von mir erfordert. Also höre ich mir still an, was sie zu sagen hat. „Ich bin so froh, dass es endlich raus ist, Raff. Diese besondere Seite an dir. Jetzt weiß ich zumindest, dass es niemals wirklich an mir gelegen hat." Sie zuckt mit den Schultern und ihr Lächeln strahlt dabei aufrichtig und warmherzig. „Du stehst einfach nicht so auf Mädchen, wie du das selbst gerne möchtest, das ist alles."

Die Backenzähne irritiert aufeinanderbeißend halte ich weiter Ausschau nach einem geeigneten Parkplatz und manövriere dann die Corvette in eine Lücke um die Ecke. Ich stelle den Motor ab und Tanja schlüpft schon aus dem H-Gurt, bereit, auszusteigen. Ich schnalle mich ebenfalls ab, doch dann umfasse ich das Lenkrad fest und lege meine Wange auf meine Hände. „Tanja?"

Die Finger immer noch an der Türschnalle, dreht sie sich zu mir um. Sie rutschen ab und landen in ihrem Schoß, während sie meinen Blick auffängt. Ich weiß, wie verloren ich gerade aussehen muss. Kurz schließe ich die

Augen und seufze tief. „Wie kann es sein, dass ich über zwanzig Jahre lang keine Ahnung hatte, dass mich Jungs anziehen?“

Sie nimmt sich einen langen Moment, um ihre Worte zu richten, wobei ihr Blick wiederholt zum Fenster hinter mir hinausschweift. „Vielleicht, weil du dir durch die ganze Kontrolle über dich selbst einfach keinen Raum dafür gelassen hast.“ Dann streichelt sie mir zweimal fest über den Kopf und plättet dabei meine Haare nach hinten, ehe diese wieder zurück in Form fallen. Ihr sanftes Lächeln wird zu einem frechen Grinsen. „Und vielleicht hast du nur immer alles kontrollieren wollen, weil du so die Wahrheit ignorieren konntest.“

Ihre Worte sinken langsam und mit einer Schwere ein, die mir ein flaues Gefühl im Magen verursacht. Mein Blick wandert an ihr vorbei zur Straßenecke, wo der Name des Clubs in großen neonblauen und −pinken Buchstaben leuchtet. Sebastian ist vielleicht schon da drin. Ein langer, tiefer Atemzug strömt durch meine Nase. „Ich möchte da nicht reingehen“, flüstere ich.

Tanja spielt noch ein wenig mit meinen Haarsträhnen und krault dann meinen Nacken. „Ich weiß, Schätzchen ...“ Sie schnappt ihre Handtasche und drückt sie grinsend an ihre Brust. „Aber ich weiß auch noch etwas Anderes.“

„Und das wäre?“

„Dass du es eigentlich *kaum erwarten* kannst, da

reinzukommen und ihn endlich wiederzusehen.“

Langsam schiebt sich mein linker Mundwinkel nach oben. Ja, ich schätze, damit hat sie recht.

Zufrieden mit meiner stillen Antwort steigt Tanja nun doch endlich aus und wartet am Bordstein auf mich. Wir spazieren um die Ecke zum Clubeingang und während ich ihr die Tür aufhalte, dreht sie sich vor mir um, springt ein paar Schritte rückwärts wie ein Reh und quiekt gutgelaunt: „Okay, dann lass uns mal richtig einen hinter die Binde kippen! Lass uns tanzen! Und lass uns feiern!“

Mein Lächeln ist zurückhaltend, denn anders als Tanja habe ich keine Ahnung, was mich heute Nacht erwartet.

Übermütig schleift sie mich durch den kurzen Gang, wo wir gekonnt ein paar Leuten auf dem Weg ausweichen, direkt in den pulsierenden Club. Die Musik ist ziemlich laut, hält sich aber trotzdem auf einem Level, das es einem noch gestattet, sich mit anderen zu unterhalten, ohne dabei schreien zu müssen — wenn sie nahe genug stehen. Der ganze Bereich ist in ultraviolettes Licht getaucht, das hin und wieder auch von blau zu pink wechselt. In der Mitte befindet sich eine Tanzfläche, die durch die vielen Besucher, die sich dort unter dem Stroboskoplicht hüpfend aneinander reiben, bereits aus allen Nähten platzt. Tanja liebt es, ihren Luxuskörper zu dieser Art von Musik in Szene zu setzen, und wird sich der Masse auf der Tanzfläche wohl bald schon anschließen. Sie wird mich anbetteln, mit ihr zu kommen, so wie sie es immer tut. Ich bin kein guter Tänzer – oder scharf darauf, es zu lernen. Aber hier sind zum Glück genug Leute von der Uni unterwegs, die mit Freuden meinen Platz an ihrer Seite einnehmen werden. Vielleicht kann sie sogar Felix dazu überreden, ausnahmsweise mal mit ihr zu tanzen, obwohl ich es doch eher bezweifle.

Wir entdecken ihn vor uns an der Bar. Er gönnt sich dort gerade einen Drink in gemütlicher Runde mit Nikki, Elliot und drei weiteren Leuten, die ich nicht kenne. Während wir direkt auf sie zusteuern, zwinge ich mich dazu, meinen Blick nicht durch den Club schweifen zu lassen. Kein Grund, in den ersten zwei Minuten schon in Sebastian zu laufen.

Tanja greift von hinten um Felix herum und hält ihm die Augen zu. Er muss nicht wirklich raten, als sie ihn fragt, wer sie ist; nicht, wenn er ganz genau weiß, wie sich ihre Hände anfühlen, wie ihr Lieblingsparfüm duftet und wie ihre sanfte Stimme klingt. Er dreht sich zu uns um, nimmt dabei ihre Handgelenke und zieht sie in eine Umarmung, mit einem Kuss auf die Wange. „Hey, ihr zwei. Was hat euch so lange aufgehalten?" Nachdem er sie losgelassen hat, begrüßt er mich mit unserem üblichen Handschlag. Mit den Armen zwischen uns, drücken wir kurz die Schultern aneinander und klopfen uns mit der freien Hand auf den Rücken.

„Ich konnte meine Schlüssel nicht finden", rettet mich Tanja vor der Blamage, meinem besten Freund erzählen zu müssen, dass ich einfach scheißnervös war und zum ersten Mal in meinem Leben absichtlich getrödelt habe. „Was trinkst du denn da?" Sie nimmt ihm das Glas mit dem blauen Getränk aus der Hand, schnüffelt daran und trinkt dann einen Schluck. Vermutlich nur, um vom Thema abzulenken.

Felix überlässt ihr seinen Drink und bestellt zwei neue. Dieses Mal einen Cuba Libre für sich selbst. Das zweite Getränk, eine einfache Cola mit Zitronenscheibe, ist für mich. Er kennt meine Trinkgewohnheiten – ich habe keine.

„Cheers!", sagt er, als wir alle miteinander anstoßen. „Auf drei Monate Faulenzen für euch beide und umso mehr Arbeit für mich im Laden über den Sommer."

Grinsend nehme ich einen Schluck. Er liebt seine Arbeit und beschwert sich immer darüber, dass sein Urlaub viel zu lange dauert.

„Übrigens", setzt er fort und stellt sein Glas auf die Bar, die Finger immer noch darum geschlungen und den Arm locker auf der Theke. „Sebastian ist auch hier. Ich habe ihn vor ein paar Minuten im hinteren Teil getroffen."

Das sofortige Hochschnellen meines Herzschlags nervt mich enorm. Genauso wie Felix' Grinsen. Ich weiß nicht, was meine Miene gerade preisgegeben hat, aber er hat normalerweise keine Mühe, mich zu lesen. Immerhin hat er

Jahre über Jahre Übung darin. Gott, wie ich es gerade hasse, in diesem Körper zu stecken. Verfluchter Verräter.

Der Club ist zwar groß, aber nicht riesig. Wenn man hier nach jemandem sucht, muss man nur eine kleine Runde drehen und entdeckt ihn höchstwahrscheinlich in unter fünf Minuten. Das mache ich aber nicht. Stattdessen schlinge ich die Finger fester um mein Glas und konzentriere mich auf meine Freunde, wobei ich angestrengt versuche, ihrer Unterhaltung zu folgen — ganze zwanzig Sekunden lang. Dann fangen meine Augen ganz von allein an, immer mal wieder zur Seite zu zucken.

Ich bin cool. Ich bin entspannt. Es ist mir scheißegal, sage ich mir selbst immer wieder vor. Bis mein Blick an einem Kerl in zehn Metern Entfernung hängenbleibt, der seine schwarze Nike-Kappe verkehrtherum trägt. Mein Herz schlägt den ersten richtigen Salto des Abends und springt mir direkt in den Hals.

Sebastian unterhält sich gerade mit einer Frau in Highheels und rotem Minikleid. Zwei Typen in Jeans und irgendwelchen Band-Shirts stehen neben ihr; einer sogar so nahe, dass er zweifellos die Marke ihrer Zahnpasta erschnüffeln kann, während sie Sebastian anlächelt. Der andere hält etwas Abstand zu dem Mädchen, aber vermutlich auch nur, weil er mehr daran interessiert scheint, was die Jungs sagen als sie.

Sebastian hat mich noch nicht bemerkt, was gut ist, weil

ich jetzt echt noch einen Moment brauche, um mich zu sammeln. Typisch für ihn, ist er auch heute in einem dunkelgrauen T-Shirt mit offenstehendem schwarzem Hemd darüber hier aufgekreuzt. Eine Hand hat er in die Tasche seiner Jeans geschoben, die etwas dunkler ist als die, die er sonst immer trägt, und ausnahmsweise auch ohne Löcher. In der anderen Hand hält er eine Bierflasche. Unter den kurzen Ärmeln kann ich die Tattoos erkennen, die sich über seinen rechten Arm nach unten schlängeln. Sie heizen meine ohnehin schon prickelnde Haut noch zusätzlich auf und erinnern mich an die intensiven Stunden in meinem Apartment letzte Nacht.

„Geh und rede mit ihm", zischt Tanja neben mir und nimmt mir die Cola aus der Hand.

Sofort vergewissere ich mich, dass niemand unserer anderen Freunde zugehört hat, doch die sind alle mit Felix beschäftigt. Wir sind sicher. Darum funkle ich sie als Nächstes finster an. „Ich kann nicht."

„Warum nicht?"

„Na, weil —" Tja. Das ist alles. Meine ganze Begründung. Ich fühle mich total aus meiner Mitte gerissen, als ich mich noch einmal in Sebastians Richtung drehe. Und sofort will ich mit dem Kopf gegen die Wand schlagen, weil er heute Nacht wirklich umwerfend aussieht — und Scheiße nochmal, ich kann nicht glauben, dass mir das gerade wirklich aufgefallen ist.

Er hebt die Flasche an seinen Mund, während der kleinere der beiden Typen spricht, und blinzelt langsam. Als sich seine Augen mit dem nächsten Blitzen des Stroboskoplichts wieder öffnen, sind sie direkt auf mich gerichtet.

Ich erstarre.

Ich schlucke.

Ich kann verdammt noch mal nicht wegsehen.

So viel zu: *er hat mich noch nicht bemerkt.* Er weiß ganz genau, wo ich stehe; hat mich vermutlich schon von dem Moment an beobachtet, als ich den Club betreten habe.

Er nimmt noch einen langsamen Schluck und bläst dabei seine Backen mit dem Bier auf, ehe er runterschluckt und die Flasche wieder senkt. Sein Blick nagelt mich immer noch fest. Heilige Scheiße! Mein Körper ist starr wie Granit.

Erst, als er die Aufmerksamkeit wieder auf seine Freunde richtet, schaffe ich es, mich endlich umzudrehen. Tanja ist mein Anker. Meine Rettungsboje im Sturm. Diejenige, die ich mit Entsetzen anstarre, um nicht in Panik zu geraten und aus dem Club zu stürmen. Kalter Schweiß perlt in meinem Nacken.

„Grundgütiger, Raff! Du bist so ein Baby!", lacht sie mich aus.

„Halt den Mund", knurre ich nur zurück. „Das ist nicht witzig. Ich fühle mich wie ..." Shit, ich habe nicht einmal ein Wort dafür.

„Wie ein Teenager, der zum ersten Mal verknallt ist?“, zieht sie mich auf.

Klingt ziemlich zutreffend. „Keine Ahnung.“

„Weil du noch nie zuvor in jemanden verliebt warst.“

Mit schmalen Augen fauche ich sie vorwurfsvoll an. „Kannst du bitte damit aufhören? Oder sprich wenigstens nicht so laut.“ Um meine Worte zu untermauern, sehe ich kurz zu den anderen, die immer noch um uns herumstehen, aber sie kichert nur weiter und tätschelt meine Wange.

„Du bist so süß, Herzchen. Ich hätte nie gedacht, dass ich dich jemals so aufgeregt erleben würde.“

„Weißt du was? Mir ist nicht mehr nach feiern.“ Ich trinke meine restliche Cola auf ex und stelle das Glas zurück auf die Bar. „Ich fahre nach Hause.“

„Um vor Sebastian zu fliehen?“

„Ja.“

Ihre perfekt geformten Augenbrauen knicken zu einem V. „Dann solltest du dich lieber beeilen.“

„Warum?“

Jemand streift mich leicht an der rechten Seite meines Rückens. Eine Gänsehaut zieht über meinen ganzen Körper. „Hi, Tanja.“ Seine Worte ertönen neben meinem Ohr. Dem Klang nach sitzt ein schiefes Grinsen auf Sebastians Lippen, eines, das Tanja spiegelt, während ihre Augen etwas zur Seite wandern, um seinen Blick über meiner rechten Schulter zu treffen.

„Hey! Wie schön, dass du es auch hergeschafft hast",
antwortet sie und greift sich dabei das blaue Getränk von
der Theke. „Ich lasse euch zwei dann lieber mal allein,
damit ihr —"

Blitzartig packe ich sie am Handgelenk und ziehe sie
genau dahin zurück, wo sie auch die letzten fünf Minuten
gestanden hat. „Wag es ja nicht!", schneide ich ihr dabei das
Wort ab.

Ihr Lächeln ist für Sebastian, der entschuldigende Blick
für mich. „Oder vielleicht bleibe ich auch einfach hier ..."

Unter dem Geruch von Trockennebel und Likören, der
so penetrant über dem Club liegt, kriecht der feine Duft
eines exotischen Duschgels in meine Nase. Verdammt, es ist
so gruselig, seinen intensiven Blick an der Seite meines
Gesichts zu spüren, während ich unfähig bin, mich auch
nur einen Zentimeter zu bewegen, geschweige denn, ihn
anzusehen.

Mit meinem Unterarm auf der Bar, würgen meine
Finger bereits das leere Glas. Zumindest habe ich so etwas,
woran ich mich festhalten kann, selbst, wenn es etwas so
Zerbrechliches ist und ich wohl lieber den Druck etwas
reduzieren sollte.

Sebastian stellt sein Bier auf die Theke direkt hinter mir.
Seine Finger streifen dezent meinen Ellbogen, als er die
Finger darum schlingt. Sein Arm ist hinter meinem Rücken
ausgestreckt und sein ganzer Körper drückt sich dabei sanft

an meine Seite. „Dann heißt es jetzt wohl Sommerferien, hm?“, fragt er Tanja, nachdem ich zehn Sekunden später immer noch kein Wort gesagt habe. „Fährst du irgendwo hin?“

Während sie ihm erzählt, dass sie wahrscheinlich eine Woche lang oder zwei ihre Großeltern in Wales besuchen wird, ist alles, worauf ich mich konzentrieren kann, der Mann hinter mir, der Dominanz aus jeder Pore zu schwitzen scheint. Seine Brust hebt und senkt sich rhythmisch gegen meinen Rücken, wobei sein warmer Hauch über meinen Nacken streift. Sogar die Musik scheint leiser geworden zu sein, sodass ich jeden seiner Atemzüge hören kann.

Mein eigener Atem geht zwar immer noch doppelt so schnell wie vorhin, doch allmählich verlangsamt er sich auch und fällt in Sebastians Rhythmus. Nur mein Herz klopft immer noch wie verrückt. Und meine Zunge klebt fest an meinem Gaumen.

„Yo, Rhyse!“, unterbricht Felix Tanjas Erzählung, als er plötzlich neben ihr auftaucht und dabei beide Hände auf Elliots Schultern liegen hat, um den Japaner so zu uns rüber und vor Sebastian zu steuern. „Das ist Elliot Kimito. Er gehört zur Szene, organisiert dort die Rennen und all sowas.“

Sebastian macht einen Schritt von mir weg, wird total professionell und schüttelt dem dünnen Informatikstudent die Hand.

„Elliot hatte diesen genialen Einfall, ein ganz besonderes Rennen auf die Beine zu stellen", redet Felix weiter. Sein Blick schwenkt dabei kurz zu mir. Ich runzle nur planlos die Stirn.

„Die Zuschauer waren total davon begeistert, was ihr zwei in Enfield abgezogen habt", erklärt uns nun Elliot weiter, seine Augen weit vor flammendem Enthusiasmus. „Wir glauben, dass ein Rennen nur zwischen euch beiden wie eine Bombe einschlagen würde. Kein Risiko für euch. Die Leute würden nur Geld auf den Gewinner setzen. Was sagt ihr dazu?"

Sebastian steht inzwischen mehr neben als hinter mir und als er dieses Mal seinen Kopf zu mir dreht, sehe ich ihm geradewegs in die Augen. Mein Blut fängt an zu brodeln, aber ich weigere mich, auch nur die kleinste Gefühlsregung preiszugeben.

Er bleibt absolut gelassen und zuckt letztendlich nur mit den Schultern. „Klar, warum nicht?" Daraufhin trinkt er einen Schluck von seinem Bier. Ich wende mich an Elliot und nicke knapp.

„Großartig! Das wird mega!" Elliot tippt noch rasch Sebastians Nummer in sein Handy und fügt ihn zu unserer exklusiven kleinen *Racer*-Gruppe auf WhatsApp hinzu. „Wir werden es für eine Freitagnacht planen. Wahrscheinlich in zwei bis drei Wochen, aber da geben wir euch noch früh genug Bescheid. Ist das okay?"

Wir beide sind einverstanden und sehen zu, wie er wieder zu den anderen verschwindet, die ganz in der Nähe stehen. Felix will ihm offensichtlich folgen, aber Tanja macht ihm einen Strich durch die Rechnung und zwingt ihn stattdessen, sie auf die Tanzfläche zu begleiten. Die kleine Hexe ist so schnell, dass ich diesmal gar keine Chance habe, nochmal ein Veto einzulegen.

Und plötzlich bin ich mit Sebastian ganz allein in einer erdrückenden Menge aus Fremden.

Eine erneute Welle von Panik überrollt mich und ich drehe mich zur Bar, um meine Arme daraufzulegen und das leere Glas in meinen Fingern zu drehen. Bei so vielen Gästen im Club dauert es eine Weile, bis die Barkeeper mit allen Getränkebestellungen nachkommen. Das lässt mir etwas Zeit, um zu entscheiden, ob ich lieber noch eine Cola oder Sprite trinken will.

„Wirst du heute auch irgendwann einmal mit mir reden?"

Sobald ich den Kopf neige, um Sebastian neben mir anzusehen, laufe ich in seine hochgezogene Augenbraue. Ehe er noch mehr sagen kann, werfe ich einen raschen Blick über meine Schulter zu meinen anderen Freunden. Niemand beobachtet uns, aber selbst wenn, würde es wohl nur so aussehen, als würden wir uns über das bevorstehende Rennen unterhalten.

„Worüber willst du denn reden?“, murmle ich, doch es fühlt sich viel sicherer an, in mein leeres Glas zu starren, als noch einmal seinem Blick zu begegnen.

„Keine Ahnung, Raffael, ehrlich. Aber ein einfaches *Hi* wäre für den Anfang ganz nett gewesen.“

Ich schließe die Augen für einen quälenden Moment, ehe ich den Mut aufbringe, mich noch einmal zu ihm zu drehen. „Hi.“

„Na siehst du? Das war doch nicht so schwer, oder?“ Er nimmt einen Schluck Bier und stellt die Flasche mit ironischer Miene wieder ab. „Und kein Mensch glaubt deshalb, wir würden in den nächsten zwei Minuten anfangen, hier auf der Bar zu vögeln.“

Ich schlucke gegen meine Angst an und stiere weiter in das Glas. „Tun sie nicht?“

„Nein, Raff. Scheiße, *nein!*“ Er umfasst die Flasche mit beiden Händen auf der Theke, macht einen kleinen Schritt nach hinten und lässt seine Stirn auf seine Arme fallen. „Männer sprechen überall miteinander. Jeden Tag. Das bedeutet nicht automatisch, dass sie in einer Beziehung sind.“

Seine letzten Worte drehen mir den Magen um. „Ich will keine Beziehung.“ *Mit dir.*

„Darum bitte ich dich auch nicht“, knurrt er zwischen seine Unterarme. Dann richtet er sich auf und stößt frustriert den Atem aus. „Alles, was ich möchte, ist, ein wenig Zeit mit dir zu verbringen."

Zeit miteinander verbringen bedeutete gestern, dass ich Fremden erzählen sollte, ich könnte an Jungs interessiert sein, und danach meine Hände über Sebastians ganzen Körper wandern zu lassen. Wie soll ich damit bitte klarkommen? Ich wische mit den Daumen über das angelaufene Glas auf und ab und fixiere die Zitronenscheibe, die im schmelzenden Eis versinkt. „Ich glaube nicht, dass ich die richtige Person dafür bin."

„Kannst du mir in die Augen sehen, wenn du das sagst?", fordert er mich auf und klingt dabei nicht unbedingt fröhlich.

Ich brauche eine ganze Weile, bis ich den Kopf wieder heben kann. Sein Blick durchbohrt mich förmlich, als wollte er in mein tiefstes Inneres vordringen. Mein Hals wird dabei scheiße-eng und meine Stimme verfällt. „Das geht mir alles viel zu schnell. Ich will nicht so sein."

„Wie?", brummt er. „Bisexuell?"

Meine Güte, er sollte dieses Wort nicht in Zusammenhang mit mir benutzen. Ich kneife die Augen zu. „Das ... bin ich nicht." Als wir hergekommen sind, dachte ich ernsthaft, ich könnte damit umgehen. Mit ihm. Mit mir selbst. Mit der unbegreiflichen Anziehung. Aber die Wahrheit ist: Ich kann es nicht.

Sebastian wartet einen langen Moment. Und erst, als die Stille unerträglich wird und ich wieder zu ihm aufsehe, sagt er mit gequälter Stimme: „Du willst mir ehrlich erzählen, dass dich Jungs nicht mehr interessieren als Mädchen?" Er schiebt eine Hand in die Hosentasche und zerquetscht die Bierflasche fast mit der anderen. „Dass dir der gestrige Abend mit mir nicht gefallen hat? Dass du rein gar nichts gefühlt hast, als wir auf der Couch gesessen haben und du immer wieder zu mir herübergeschielt hast?" Seine Miene wird sogar noch finsterer, als er sich ganz nahe zu mir lehnt. Sein Tonfall sinkt auf ein tödliches Niveau. „Während du mich angefasst hast?"

Natürlich habe ich etwas dabei gefühlt. In Wahrheit habe ich mich noch nie zuvor in meinem ganzen Leben so sehr selbst gespürt.

Aber das waren alles völlig falsche Gefühle. Das kann zu nichts Gutem führen. Draußen im Wagen, als ich mit Tanja darüber geredet habe, schien alles so viel einfacher. Aber jetzt hier zu sitzen, konfrontiert mit dem Mann, der mir schlaflose Nächte verursacht, ist mehr als ich ertragen kann.

„Ich bin nicht schwul. Oder bisexuell. Oder weiß der Teufel was", murmle ich, wobei ich wieder einmal vor seinem Blick flüchte. „Ich kann dir nicht geben, was du suchst, darum ist es vermutlich das Beste, wenn du die Vorstellung aufgibst und dir jemand anderen suchst, mit dem du deine Zeit verbringen kannst."

Ein Moment zieht vorüber. „Jemand anderes finden ...", wiederholt er und ich kann nicht klar sagen, ob er dabei ungläubig klingt, oder ob er nur die Worte für sich selbst abwägt. Vermutlich ein wenig von beidem.

Ich nicke einmal kurz und hasse das enge Gefühl in meinem Hals dabei. Was zur Hölle geschieht mit mir? Wenn er nicht sofort verschwindet und die Dinge damit wieder zurück ins rechte Lot rückt – an einen Punkt, so wie sie waren, ehe ich ihn kennengelernt habe – dann drehe ich noch durch.

Sebastian seufzt und aus dem Augenwinkel sehe ich, wie er die Lippen schürzt, offenbar am Überlegen. Schließlich klatscht er die flache Hand auf die Bar, so als hätte er seine Entscheidung getroffen. „Weißt du was? Du hast recht", sagt er tonlos. „Ganz offensichtlich bist du noch nicht bereit für das hier. Warum verschwende ich überhaupt noch meine Zeit mit dir?"

Whoa. Stich ins Herz. Mein Kopf zuckt hoch, ohne, dass ich es will.

„Die Nacht ist noch jung und ich hasse es, an Wochenenden allein zu schlafen." Sein kaltes Lächeln treibt den Speer noch tiefer in meine Brust. „Mach's gut, Raff."

Und dann geht er.

Niedergeschlagen, verletzt und verwirrt wie FUCK, lasse ich den Kopf hängen und ignoriere dabei die junge Frau hinter der Bar, die nun endlich Zeit hätte, meine nächste Bestellung aufzunehmen. Als sie sich dem nächsten Gast widmet und weitere Cocktails mixt, rutscht jemand auf den

Hocker links neben mir.

„Du siehst furchtbar aus", sagt Tanja und legt mir eine Hand auf den Arm. „Die Unterhaltung lief wohl nicht so gut, hmm?"

„Eigentlich lief sie sogar fantastisch", grummle ich. „Er hat endlich eingesehen, dass ich nichts von ihm will."

„Das hast du ihm erzählt?"

Ich nicke.

„Warum hast du ihn angelogen?"

Das ist Bullshit! Ich drücke mich von der Bar weg. „Bin gleich wieder da." Ohne eine weitere Sekunde zu warten, schiebe ich mich durch das Gedränge und nehme den engen Gang nach hinten zu den Toiletten. Während eine endlose Schlange vor dem Damenklo wartet, ist der Bereich vor dem Herrenklo völlig frei. Ein mutiges Mädchen mit pinken Haaren und schwarzem Hoodie kommt in dem Augenblick zur Tür heraus, als ich reingehen will. Sie grinst mich kurz an, was ich unter Zwang erwidere, während ich ihr die Tür aufhalte.

Endlich allein auf der Toilette, stütze ich mich auf der Kante des einfachen weißen Waschbeckens ab und starre mir im Spiegel selbst ins Gesicht. Ich bin nicht schwul. Ganz bestimmt nicht. Schwule Jungs sehen anders aus. Ich sehe aber immer noch genauso aus wie vor ein paar Tagen, Wochen, oder Monaten. Ich stehe nicht auf Männer. Ich ficke Mädchen in meinem Spielzimmer. Ich habe Tanja schon eine Million Mal geküsst.

Verfluchte Scheiße, ich bin. Nicht. *Schwul!*

Nachdem ich mir etwas Wasser ins Gesicht gespritzt und mich mit ein paar Papiertüchern aus dem Spender abgetrocknet habe, kehre ich zurück in den Club und setze mich wieder auf den Hocker neben Tanja. Sie unterhält sich gerade mit Felix und zwei weiteren Mädchen, mit denen ich sie dieses Jahr oft auf dem Campus abhängen sah, deren Namen mir aber nicht mehr einfallen. Ein paar Leute aus meinen Architekturkursen schwirren hier auch irgendwo herum, allerdings habe ich im Moment nicht die Nerven dazu, mit ihnen Party zu machen. Viel lieber würde ich jetzt mit mir selbst feiern. Sebastian ist weg. Ich bin wieder hetero. Triumph? Wen interessiert's?

Als mich die Bardame im schwarzen Clubshirt erneut fragt, was ich trinken möchte, lege ich meine Wagenschlüssel auf die Theke und bestelle eine Flasche Eristoff Ice.

„Geht's dir gut?", will Tanja vorsichtig wissen, nachdem sie sich von ihren Freunden losgerissen hat und nun dicht neben mir steht. Ihr beunruhigter Blick gleitet über den Vodka, die Schlüssel und dann zu meinen Augen.

Anstatt ihr zu antworten, hebe ich die Flasche an meinen Mund und nehme einen großen Schluck. Nicht schlecht. Mal sehen, wie viele davon ich schaffe, ehe der Club zumacht.

„Raffael, ich mache mir wirklich Sorgen um dich. Vielleicht sollten wir hier Schluss machen und nach Hause fahren", sagt sie neben mir, während mein Blick an die Regale hinter der Bar genagelt ist, die mit zahllosen Likörflaschen vollgepackt sind.

„Oder wir holen uns wo einen Burger, was meinst du?", schlägt Felix vor, der anscheinend nicht länger an Tanjas Freundinnen interessiert ist.

Ein Burger klingt gut. Mehr Vodka klingt besser. „Ihr könnt gerne gehen." Ich mustere sie auffordernd. „Mir geht's gut. Hört auf, euch Sorgen zu machen."

„Du trinkst", stellt Tanja todernst fest.

„Und weiter?" Ich zucke mit den Schultern. „Ihr zwei trinkt die ganze Zeit. Und ich kann später ein Taxi nach Mayfair nehmen. Ich werde meinen Wagen schon nicht zu Schrott fahren."

„Das ist es nicht, worum wir uns Sorgen machen, Mann", sagt Felix. „Du wirst nicht —" Und dann bricht er plötzlich mitten im Satz ab, weil sich zwei Typen auf meiner anderen Seite an die Bar lehnen und einer von ihnen trägt eine schwarze Nike-Kappe verkehrt herum.

Der Schock zieht mir durch die Glieder, obwohl es dafür doch eigentlich gar keinen Grund gibt. Trotzdem drehe ich mich mit viel zu weiten Augen um. Sebastian steht mit dem Rücken zu mir, nahe genug, dass ich seine Körperwärme wahrnehmen kann. Er sagt kein einziges Wort, doch hinter seiner Schulter entdecke ich das verschossene Strahlen in den Augen seines etwas jüngeren Begleiters. Ich weiß, wer das ist. Der Kerl mit braunen Locken und dem grauen Sweatshirt heißt Noah Scott. Er ist zweiundzwanzig und studiert Architektur mit mir.

Sebastian bestellt ein Bier und ein Red Bull, dann stoßen die beiden an und lachen dabei, während sie eine sehr anzügliche Unterhaltung fortsetzen, die sie ganz offenbar schon vor einigen Minuten begonnen haben.

„Ich denke, wir sollten jetzt gehen", dringt Tanjas nachdrückliche Stimme über den stampfenden Bass zu mir. Doch ich schüttle nur den Kopf.

Obwohl Sebastian vermutlich nicht weiß, dass Noah und ich Unikollegen sind, hat er ihn zweifellos nicht ohne Grund hier herübergebracht. Sie hätten für ihren Flirt ganz leicht einen anderen Ort in diesem gottverdammten Club finden können. Aber er hat sich für den Platz direkt neben mir entschieden, um mir etwas zu beweisen.

Tja dann ... Mach nur.

Mit dem Ellbogen auf die Bar gestützt und den Blick wieder stoisch auf die Regale dahinter fixiert, lasse ich etwas von dem kalten Vodka in meinen Mund laufen, ziehe den Schluck einmal von links nach rechts und schlucke dann. Ich muss die beiden nicht beobachten. Es reicht, dass ich sie höre und fühlen kann, wie nahe Sebastians Körper wirklich an meinem ist.

Das besorgte Schweigen von Felix und Tanja auf meiner anderen Seite geht mir beinahe genauso sehr auf die Nerven wie die zwei verfluchten Turteltauben zu meiner Rechten.

„Hey, Raff!", ruft Noah plötzlich herüber und lehnt sich um Sebastian herum auf die Theke. „Ich war mir nicht sicher, ob du heute auch vorhattest zu kommen."

„Noah", grummle ich beiläufig gegen die Flaschenöffnung als Begrüßung. Eigentlich kann ich ihn gut leiden. Er ist cool. Aber jetzt gerade wäre es mir lieber, er würde mich nicht ansprechen. Keiner von beiden.

Die gute Fee hat wohl wenig übrig für verzweifelte Jungs. Der Wunsch wird mir verwehrt.

„Ach ... Ihr beide kennt euch?" Sebastians neugierige Stimme hält ein verstecktes höhnisches Grinsen, als er sich zu mir dreht. „Wie nett. Habt ihr irgendwelche Kurse zusammen auf der Uni?" In meinem peripheren Sichtfeld legt er einen Arm um Noahs Nacken und zieht ihn näher. Meine Brust verengt sich dabei unangenehm.

„Mathe, Modellbau und Zeichnen", antwortet Noah kichernd. Ich schätze mal, er ist mir schon ein paar Drinks voraus.

„Ist das so?", raunt Sebastian und ich mache dabei den schwerwiegenden Fehler, Tanjas Hand auf meinem Arm zu ignorieren und mich ein wenig mehr in seine Richtung zu drehen. Sebastian hält Noah richtig nahe und streift mit der Nase über seine Wange. „Dann wirst du also auch mal ein

Architekt?", fragt er anzüglich in sein Ohr.

Ich beiße mir in die Innenseite meiner Wange, bis ich Blut schmecke. Warum zur Hölle können sie sich nicht irgendwo hinten eine ruhige Koje suchen?

„Raffael ...", flüstert Tanja. Sie fleht mich schon fast an.

Kurz schließe ich die Augen und knurre so leise, dass nur sie es hören kann: „Lass mich in Ruhe." Sie nimmt ihre Hand weg und wirft einen verängstigten Blick zu Felix, doch der weiß es besser und schüttelt nur den Kopf. Nach einem abgrundtiefen Seufzen schnappt sie sich eine Handvoll Erdnüsse aus einer der vielen Schüsseln auf der Bar und stopft sie sich in den Mund.

Sebastians Mund hängt in der Zwischenzeit immer noch an Noahs Ohr und vollführt dort alles Mögliche an Dingen – sinnliches Knabbern, Lecken. Mit dem Rücken an die Bar gelehnt, hat Noah seine Augen geschlossen und genießt die Liebkosungen von dem Kerl, zu dem ich mich so unerklärlich hingezogen fühle.

Mein Hals ist so trocken wie die Steppe in Australien. Ich nehme noch einen Schluck vom Vodka. Der hilft aber einen Scheiß.

So nahe wie die beiden sind, kann ich jede ihrer Bewegungen mitverfolgen, selbst, wenn ich es gar nicht will. Genau wie bei einem Unfall ist es schrecklich mitanzusehen, doch man schafft es einfach nicht, sich wegzudrehen.

Als Sebastian dann auch noch anfängt, eine Spur von Noahs Ohr bis zu seinem Mundwinkel zu küssen, zieht sich alles in mir zusammen. Verzweifelt wünsche ich mir, dass das Gefühl verschwindet. Dass ich die Flasche einfach gegen die Wand werfen und von hier abhauen könnte.

Oder dass er einfach aufhört.

Aber das tut er nicht.

Noah hebt seine Hände an Sebastians Brust, um ihn ein wenig zu bremsen, und murmelt: „Denkst du, dass das hier der richtige Ort dafür ist?“

„Wir können auch gehen, wenn du willst“, antwortet Sebastian. „Mein Wagen steht gleich um die Ecke.“

Ich glaube, mir wird schlecht.

Noahs Stimme wird begieriger. „Ist denn genug Platz in deinem Auto?“

„Es ist ein hübscher Wagen. Wird dir gefallen“, säuselt Sebastian, während er seine Hände unter Noahs Sweatshirt schiebt.

Und eine leise Stimme in mir flüstert nur ein einziges Wort.

KAPITEL 13

Sebastian

Ich will Raff. Mehr als ich jemals irgendjemand anderen in meinem Leben wollte.

Bisher hatte ich es noch nie mit unerfahrenen Jungs zu tun. Jeder, den ich bisher getroffen hatte, war sich seiner wahren Sexualität bewusst und hat sie gefeiert. Noch nie gab es für mich einen Anlass, vorsichtig zu sein oder langsam zu machen. Doch mit Raffael ist alles anders.

Was er gestern Abend gemacht hat – diese schüchternen Berührungen auf der Couch – war wohl das Süßeste, was ich jemals gesehen oder erlebt habe. Und er hat mein Herz damit auf eine Art zum Klopfen gebracht, wie es schon seit sehr langer Zeit nicht mehr geschlagen hat. Ich war bereit, jeden sanften Schritt mit ihm zu gehen, um ihn in diese völlig neue Welt zu führen. Er hätte sich alle Zeit nehmen können, die er braucht, um zu verstehen, welche monumentale Veränderung gerade in ihm passiert. Ich war mir sicher, ich kann warten.

Aber wenn er die Grenzen schließt, ohne uns überhaupt eine Chance zu geben, kommt auch meine Geduld an ein Ende. Er will, dass ich mich verziehe und mir jemand anderen suche? Schön. Dann werde ich das tun. Mal sehen, wie es ihm am Ende gefällt.

Noah an die Bar zu schleppen und dort mit ihm rumzualbern, war Absicht. Dass ich mir dafür aber ausgerechnet einen von Raffaels Studienkollegen geangelt habe, nicht. Wie auch immer, der Kerl ist gut drauf und leicht zu haben. Ich muss ihn nicht stundenlang mit süßen Worten füttern. Wenn ich heute Nacht noch vögeln will, ist er garantiert dabei.

Eine Flasche Vodka, die vor Raff steht, zieht meine Aufmerksamkeit auf sich. Ich weiß noch nicht sehr viele Dinge über ihn, aber eins ganz gewiss: Er trinkt niemals Alkohol. Die Schlüssel zur Corvette liegen daneben. Er will sich also tatsächlich betrinken? Tja, vielleicht tut es ihm ja sogar mal ganz gut.

Tanjas flehender Blick hinter Raffael ist schwer

auszublenden. Was erwartet sie denn von mir? Ihr Freund lebt in einer Welt voller beschissener Regeln, die ihm verbieten, sich in einen Kerl zu verlieben. Akzeptiert. Ich werde Raff nie wieder anfassen. Bevor sich unsere Wege allerdings für immer trennen, soll die Schneeflocke noch sehen, dass zwei Männer tatsächlich Spaß miteinander haben können und deshalb nicht sofort in den Flammen der Hölle aufgehen. Niemand um uns herum interessiert sich für uns. Und die, die uns doch dabei beobachten, sind hauptsächlich Mädchen, die das hier ganz offensichtlich sehr anziehend finden.

Raffael muss lernen, dass sich die Dinge seit der Steinzeit geändert haben. Und ebenso die Einstellung der Leute. Vielleicht bin ich nicht derjenige, der all diese süßen Dinge zum ersten Mal mit ihm macht. Aber eines Tages wird es jemand tun. Und um seinetwillen hoffe ich wirklich, dass er sich selbst diese Freiheit erlaubt und es genießen kann, wenn es soweit ist.

Ein Muskel fängt in Raffs Kiefer zu zucken an, als ich meinen Arm um Noahs Nacken lege. *Ja, tut weh, nicht wahr?* War auch nicht so besonders toll vorhin, von ihm zur Hölle geschickt zu werden.

Noah wird heute Nacht ein Frust-Fick — aber zumindest ein guter. Er ist nicht einmal mein Typ, er war nur die leichteste Beute vorhin. Würde ich ihn nicht mitnehmen, würde er zweifellos dem nächsten Kerl in die Arme fallen, der vorbeikommt und ihn anlächelt. Ich weiß unverbindlichen Sex zu schätzen.

Aber ich hätte heute Nacht so viel lieber nur eine Limonade mit Raffael geteilt.

Zähneknirschend kämpfe ich darum, seine angespannte Haltung auf dem Barhocker neben uns einfach zu ignorieren und mich stattdessen voll auf Noah zu konzentrieren. Je schneller wir hier rauskommen, umso besser. Obwohl ich vielleicht nicht mehr so tief einatmen sollte, während ich an seinem Ohr knabbere, denn der Kerl verwendet ein Aftershave, von dem mir schlecht wird. Und er hat es großzügig aufgetragen.

Ich streife mit den Lippen über seine Wange bis zu seinem Mund, bereit für den ersten Kuss. Er trinkt Red Bull. Nicht unbedingt mein Ding und es wird garantiert den Geschmack ruinieren. Warum nur will ich ihm gerade eine gottverdammte Sprite den Hals runter drücken? Agh.

Meine Lippen verharren zwei Zentimeter über seinem Mundwinkel. Es braucht nur eine klitzekleine Bewegung von mir. Meine Augen zucken zur Seite und ich finde Raffaels zerrissenen Blick auf uns gerichtet. Sein Gesicht ist weiß wie Schnee, während er die Flasche mit der ganzen Kraft drückt, die nötig ist, um sie in einen Diamanten zu verwandeln.

Scheiß auf ihn. Nicht mein Problem. Er hat ganz eindeutig klar gemacht, dass er nichts von mir möchte. Dass er uns nicht einmal die kleinste Chance geben will.

Keine weiteren Küsse. Keine weiteren Berührungen. Keine Videospiele mehr bei ihm zu Hause.

Sein Kehlkopf zuckt, als er schwer schluckt. In seinem Blick liegt ein stilles Flehen. Dass ich aufhöre? Warum sollte ich?

Ich schließe die Augen, stoße die Luft aus, von der ich nicht einmal wusste, dass ich sie angehalten habe, und lege meine Lippen auf Noahs Mund.

„*Titanium …* ", bricht es heiser aus Raffaels Kehle.

Und ich erstarre zu Eis.

Fortsetzung folgt …

ANNA KATMORE
Breaking
LIMITS

BREAKING LIMITS

Die Regeln in Raffs Playroom erlauben mir, ihm an die Wäsche zu gehen. Aber Titanium zu brechen, ist so viel schwerer.

Nachdem mich Raffael im Club sprachlos zurückgelassen hat, ist es an der Zeit, die Regeln unseres kleinen Spiels ein wenig zu ändern. Er darf entscheiden, wann er dazu bereit ist, mich zu küssen. Aber alles andere bestimme von jetzt an ich.

Sebastian ist die gefährlichste Herausforderung, der ich mich jemals stellen musste.

Seine Berührungen sprengen die Ketten einer Leidenschaft in mir, die ich bisher noch nie verspürt habe. Nichts hat sich jemals so verboten angefühlt ... und gleichzeitig so gut. Er hat meine Welt aus den Angeln gehoben. Und ich weiß nicht, wie ich sie wieder in Ordnung bringen soll.
Oder ob ich das überhaupt möchte ...

Weitere Bücher von Anna Katmore:

LIEBE IM SCHNEE
Winternachtsflüstern
Nordsternsplitter

*

Seventeen Butterflies

GROVER BEACH HIGH
Teamwechsel
Ryan Hunter
Katastrophe mit Kirschgeschmack
Verknallt hoch zwei
Die Sache mit Susan Miller

VERNASCH MICH!
Stealing Three Kisses
Was sich neckt, das liebt sich ... meistens

BREAKING
Breaking Rules
Breaking Limits
Breaking Titanium

EINE ZAUBERHAFTE REISE
Herzklopfen in Nimmerland
Die Rache des Pan

DIE CHRONIKEN VON MÄRCHENLAND
Ein Prinz für Rotkäppchen
Ein Wolf im Weg

*

Eloyn
Märchensommer
My Secret Vampire
Melody of Sins

Über die Autorin

„Ich schreibe Geschichten,
weil ich sonst nicht atmen kann.“

Disney ist Annas Lebenseinstellung und wenn sie könnte, würde sie die Welt vor sich selbst retten. Ihr Patronus ist ein Wolf, ihr Zauberstab der abgebrochene Zweig eines Apfelbaums – 13 ¾ Zoll.

Zugegeben, an einigen Tagen sind ihr Buchcharaktere lieber als richtige Menschen, doch es vergeht kein einziger Tag, an dem sie nicht auch nach wahrer Magie in der Realität suchen würde. Und wenn sie in manchen Momenten alleine ist, hört sie gerne den vielen Geschichten des Windes an einem lauen Sommerabend zu.

Mehr zu Anna und ihren Büchern findet ihr auf www.annakatmore.com